西藏,蓝色的隐喻

陌上千禾 ◎ 著

黄河出版传媒集团
宁夏人民出版社

图书在版编目（CIP）数据

西藏，蓝色的隐喻／陌上千禾著．—银川：宁夏人民出版社，2017.11
ISBN 978-7-227-06775-7

Ⅰ.①西… Ⅱ.①陌… Ⅲ.①诗集—中国—当代 Ⅳ.①I227

中国版本图书馆 CIP 数据核字（2017）第 292123 号

西藏，蓝色的隐喻

陌上千禾 著

责任编辑	杨敏媛
责任校对	陈　晶
封面设计	甘　露
责任印制	肖　艳

黄河出版传媒集团
宁夏人民出版社 出版发行

出 版 人　王杨宝
地　　址　宁夏银川市北京东路139号出版大厦（750001）
网　　址　http://www.nxpph.com　　http://www.yrpubm.com
网上书店　http://shop126547358.taobao.com　http://www.hh-book.com
电子信箱　nxrmcbs@126.com　　renminshe@yrpubm.com
邮购电话　0951-5019391　5052104
经　　销　全国新华书店
印刷装订　四川金邦印务有限公司
印刷委托书号　（宁）0007206

开本　880mm×1230mm　1/32
印张　8.5　　字数　200千字
版次　2017年12月第1版
印次　2017年12月第1次印刷
书号　ISBN 978-7-227-06775-7
定价　39.00元

版权所有　侵权必究

序

次仁罗布

  陌上千禾是通过参加过《西藏文学》编辑部的一些文学活动,让我对她有了更进一步的认识。她留给我的印象是快人快语和透明。正因这种性格,很多文学圈朋友对她印象深刻。她的诗也如同她本人,坦诚、纯洁,少有对阴暗与人生不幸的哀叹。这与她的人生轨迹形成了较大的反差,我们知道她来西藏已经快18年了,期间经历了亲人的痛失、故土的远离等诸多的磨难,但对生活能葆有这样乐观向上、积极的态度,确实出乎我的意料。我知道她的这些经历后,曾期待在她的诗歌作品里读到那种对生命的喟叹,思乡时的那种彻痛与无奈。可是,陌上千禾却给了我们另一番体验,是那种像风一样的轻扬和呢喃,是对情爱的低声细语,是对藏地的衷肠倾诉,那里有痛有爱有惆怅。这些情愫绵绵地织就于文字之间,让我们读懂她的情感,让我们感知她的创作意图。这与她的经历真的相差了很远很远。我想这也许与藏地的文化、人生观有联系,让她感受到了生命之轻之脆,继而用一种乐观的态度,去迎面人生的挚情真爱,把它们当成了诗歌咏叹的主题!
  我们再翻看20世纪80年代至90年代的藏族汉语诗歌,那时的诗歌是一种大的胸襟,是对宇宙苍茫的呐喊,是人对命

西藏,蓝色的隐喻

运的一种挑战与纷争,伊丹才让、饶阶巴桑、丹真贡布、加央西热用文字编织的就是这种诗,大气磅礴,激荡人心。之后,西藏的诗人们的格局愈来愈小,描摹绘织的全是个体小情感的东西,诗歌创作走向了另一种极端,也少了那种触动灵魂的声音,只有小小的心灵涟漪。陌上千禾的诗也没有走出这种大的趋势,踟蹰于这种行文间,表达着自己的情感和对生命的感慨!

诗歌是对理想抱负的抒怀,是对自然景物的感怀抒志,是愁绪临界点的一个爆破,格局的大小决定着好诗与平淡的诗。陌上千禾的诗作,读来文字轻柔,把情感掩藏于字里行间,给人一种温暖与安慰。她的诗歌如她本人一样,是真诚和透彻的。

次仁罗布,中国作家协会全委会委员、西藏作家协会副主席、《西藏文学》主编。2004年、2012年参加了鲁迅文学院第四届、第十二届中青年作家高级研讨班。曾先后获第五届"鲁迅文学奖"、西藏第五届"珠穆朗玛文学奖"金奖、第五届"西藏新世纪文学奖"等。

良师益友话"隐喻"

从廖维到陌上千禾,她完成了从一个普通女子到女性诗人的身份转型与生命转型。陌上千禾的诗歌写作扎根于她自身的心灵花园与灵魂沃土,雪域高原为青年女诗人提供了大爱无疆的精神资源与思想背景。陌上千禾的诗充满性情的灵动与本真,陌上千禾是用生命写诗的女子,正如她的笔名所暗示的那样,她是一条小路上生长出来的千万条青青禾苗,她的诗歌因为接通了生命、情感、心灵的地气,而永远葆有写作的生机与丰美的精神内涵及纯粹的艺术品位。

——谭五昌(北京师范大学中国当代新诗研究中心主任、国际汉语诗歌协会秘书长)

愈是经历苦难的人,愈是善于从生活中寻找美、发现美、遇见美。诗人陌上千禾就是。因为她的眼中只有善良与纯净，所以一直以来，她都在用她年轻却沧桑的生命，抒写着青藏高原无所不在的真、善，尤其是美。

——毛梦溪（民进中央宣传部副部长、北京昌平文联名誉副主席）

在雪域高原，陌上千禾以她女性的温柔、独特的视角、现代的语境辛勤创作，其作品受到各个层面的人的欢迎。始终有一种情散发在她娓娓道来的诗意中，并在对西藏的爱中升华。

——刘　萱（西藏自治区人民政府副秘书长、诗人萱歌）

十几年的西藏生活，十几年的圣地洗礼，从梦里不知身是客，到直把异乡当故乡，可以看出陌上千禾在这一过程中的慢慢蜕变。所以她的诗，唯美、浪漫，一丝温凉、一丝忧伤都饱含着暖暖的情意，也不乏一定的包容情怀。

——钟兆云（中国作家协会会员、福州市作协主席）

在同龄人里面，一段与众不同的西藏经历，让作者在长达十几年的生活中，积累和沉淀了对西藏特殊的情感，让她感受到了生活的神圣和生命与力量的坚不可摧，就在于用诗的语言来呵护和拥戴这片神奇的土地。

——**王荣根**（上海浦东作协理事，曾获上海文学短篇小说全国新人大奖赛二等奖）

陌上千禾一直飞翔在诗意的天空。她的诗清纯得无杂质，爱和忧伤真真切切、坦坦荡荡。尤其是对第二故乡西藏的流淌，让我们抵达了浩瀚的密宗圣境，感受到了大爱、神性、唯美的欢愉。

——**马道子**（中国诗歌学会会员、四川作协会员）

陌上千禾的诗单从语言上看，像是毫无准备的脱口而出，但是仔细一读，其内容高度凝练，情感极其丰富。她是一个能把握语言的有着丰富内涵的诗人。

——**敖　超**（中国作家协会会员、西藏作家协会理事）

陌上千禾从天府之国到雪域江南再到圣城拉萨，用一个女子的柔弱触摸着高原的温情与残酷，收获幸

西藏,蓝色的隐喻

福与伤感,在她的诗歌中,有相守的欢愉、有离别的悲伤、有热情的赞美、有深沉的感恩、有无言的愧疚,也有刻骨铭心的痛……汇聚在一起就是一个川妹子在藏十几年的诗意心路之旅,别有一番风景,让人回味无穷!

——陈跃军(中国作家协会会员、西藏诗人)

陌上千禾的文字如她的性情一样,思绪飞扬,率真而赤诚。她在不断变迁中抒写着,既有青涩的心路历程,又有精神上的大爱,无论是在天府之国还是在藏区圣地,这位女作家保持了一颗金子般的诗心,灌以蓬勃而充盈的生命力,情怀让人感动。

——李清荷(青年女诗人)

陌上千禾的诗向来是落笔时的心情文字,懂的自然会懂,不懂的揣摩良久依然不懂。有人说:她的诗是什么风格啊?我怎么看不懂?我说,看得懂的她风格就是随性风,看不懂的她的风格就是看不懂,谁规定看不懂不算一种风格呢?

——殷秀梅(西藏卫视主播)

目 录

序 ／ 次仁罗布 ／ 1
良师益友话"隐喻" ／ 1

第一辑 爱在雨季

单纯的泪水 ／ 3
爱在雨季 ／ 6
林芝的雨 ／ 7
记忆的主人 ／ 8
迷　雾 ／ 10
风信子 ／ 12
初见墨脱 ／ 13
佛缘——缥缈的记忆 ／ 15
在林芝，想起南方 ／ 18
蓝色的隐喻 ／ 19

林芝，六月的雨 / 21
忘记你我做不到 / 23
走进玛吉阿咪的微笑 / 24
时间有泪 / 26
一点绿之上的孤独 / 28
失　眠 / 30
谁会辜负菩萨的笑 / 31
一杯水的恩典 / 32
祝徐侠客生日快乐 / 33
七月，雨 / 34
七月，布达拉宫广场中的那些诗 / 36
说给你听 / 39
风的孩子，17 岁的笑 / 40

第二辑　故　乡

西藏，我的第二个名字 / 45
前世的一棵小草 / 48
雪落西藏（二题）/ 50
人在千里　爱在心里 / 52
撕夜（六题）/ 54
同一个太阳 / 56
童　趣 / 57
月光爱人（三题）/ 59
小　草 / 61
雪 / 62

蜜　蜂 / 63
醉心镜梦 / 64
桃花泪 / 66
一幅未完成的画 / 67
众里念你 / 70
瓶　子 / 71
路边的声音 / 72
梅　语 / 73
梦里月光 / 75
窗外的白鸽 / 77
春　色 / 78
春天不会再有冬天的故事 / 80
掉进窗子的月亮 / 81
冬日高原 / 83
记事本 / 84
假如爱有天意 / 86
妹妹忌日 / 88
两个人的倒影 / 89

第三辑　绿色骨头

深绿色的骨头 / 93
岁月的童话 / 94
疼　痛 / 96
头　昏 / 98
问　秋 / 100

下察隅上空的云朵 / 103
失眠的夜，在下察隅 / 104
夏天的风声 / 105
僜人部落的记忆 / 107
夏天的花 / 108
有一种结缘，因重生 / 109
钥　匙 / 112
一无所知 / 113
冷笑话 / 115
月亮之上的秘密 / 117
这个星期六 / 118
秋天的感觉 / 119
致爱人 / 120
奇异的恩典 / 121
幸福时刻 / 123
一幅图的心事 / 124

第四辑　黑夜河流

黑夜下会动的河流 / 127
拉萨，我回来了 / 128
半夜醒来 / 130
教　我 / 131
太阳语 / 132
倒　影 / 134
分　出 / 136

真实的雪山 / 137
原　来 / 139
想一个人 / 140
长江边上的白玉兰 / 142
我与花语 / 144
拉萨下雨了 / 146
不该怀有月亮 / 147
《莲的心事》在风中 / 149
蓝天上 / 151
我的父亲 / 153
我想，我是爱上你了 / 155
分　别 / 156
没有醉倒的月亮 / 157
布达拉宫上空的月亮 / 160
世界屋脊的小花 / 162
我想给马喂个苹果 / 163
六月天 / 164
赤脚行走的高原诗人 / 165
走进第五季 / 168
不是我心如石头 / 170
雨季里的谜 / 172
传说因为有你 / 173
我的心在一朵沙漠玫瑰之上 / 175
自然成形 / 176
春天，心的旋律 / 178
红白明点 / 180

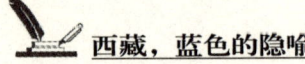西藏，蓝色的隐喻

放生记 / 182
五百年后的秋歌 / 184
奇怪的心 / 186
走过賨人谷，一线天 / 187
上帝种子 / 188
这一天 / 189
飞向春天的圆舞曲 / 191
月光之上的微笑 / 193
洛带，初见与再见 / 194
蓝天之上传来的哭泣 / 196
南迦巴瓦 / 198
天使的翅膀 / 199
如此无休 / 201
拉萨没有雾霾 / 203
奢侈品 / 205
漂　流 / 207
打开地图 / 209
一个谜 / 210
一个不经意的回眸 / 211
我　有 / 212
酒醉后的样子 / 214
丢在了雨里 / 216
扣着的碗在发光 / 218
绿叶依旧在 / 220
一个人面对太阳，膜拜 / 221
将我的心跳寄给你 / 223

去文成公主大型实景剧场前散步 / 225
2017 年，没回家过年 / 227
无　题 / 229
天真的笑 / 231
"情人"泪 / 232
生命是一场巨大的幻觉 / 234
一个人在拉萨走路 / 236
本　色 / 238
二月的诗 / 239
现在，我正躺在星空下的草地上 / 241
西藏，情人般的木碗 / 242
想星星，想《星星》 / 244
来西藏，遇见你就遇见了最好的自己 / 246
圣经里的花瓣 / 248
一条狗，推开了我的灵魂 / 249
春天，遥望一颗星 / 251
留一世期许，自己想象 / 253
渠江之歌 / 255
我们是没有秋天的孩子 / 257
迢遥的梦 / 258
魔　法 / 259

第一辑

爱在雨季

远方的人看雨是风景
近处的人看雨是泪滴
　　　　　——《爱在雨季》

单纯的泪水

1

假如 心儿
没有亲眼见到
秋天的叶子
从南飘到西
不会相信
世界那么小
小到一眨眼就在她面前
并以火箭的速度
飞进了 她无法逃脱的咒语

2

拉萨的夏天同样
有树有花有草
有鸟有兽

西藏，蓝色的隐喻

枝连着叶　叶连着根
枝枝叶叶　双双对对
绿叶　百草也多情
说不清是哪只根连着枝
还是枝连着叶

3

电视剧未拍完
演员却出了意外
《生命中不能承受之轻》——
爱情是个轻飘飘的东西
是某种没有任何重量的东西
虚幻中透着真实
真实中写着虚幻
瞬间　永恒
永恒　瞬间

4

一个黄昏
又飘来了一枚叶子
飘呀　飘呀
飘过了云端
飘过了花丛
飘过了四季

不知道是天下着雨
还是眼睛掉进了沙子
流泪了

来的时候是纯净的
走的时候是沉重的
揭开眼波上的窗帘
才知道什么叫心痛
才知道什么叫单纯的泪水
才知道什么叫潜意识被撬开……

第一辑 爱在雨季

爱在雨季

撑着一朵小伞
亍行在悠长悠长的林荫小径
雨　装饰了自然的风景
你　装饰了别人的梦

境外的人看雨是风景
情内的人看雨是泪滴

想　《雨巷》里的雨
念　独亍行小径的人
谁　与我小伞下相遇
结伴而行

人生雨季
雨季人生
愿泪化着相思雨
再遇愿着连理枝

林芝的雨

走在雨里,总是望着远方
远方的人看雨是风景
近处的人看雨是泪滴

雨一直下,莫名的感伤
你不属于我
我也不属于你
唯有那一把伞属于过我们

雾和雨总有剪不断的语言
雾和云总有分不清的身影
你和我总有写不完的诗句

如果不是林芝的雨
下得太过频繁
远方的人儿
你是不是已经忘记
爱在雨季

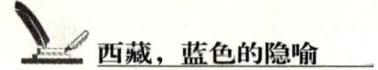 西藏,蓝色的隐喻

记忆的主人
——写在毕业之际

1

当遍地开花,面朝大海
我把四年的同窗声音打包用邮箱投递
同学,一生难忘的美好
就让记忆的画面当作礼物封存

2

书架上的书籍留着我们的声音
只有你我他会明白昨天的故事
会开启明天重逢钥匙的脉搏

3

雄鹰翱翔的姿势迷醉了蓝天
把四年的日子摁进了今天——
一个日子,从此

人生就多了一个秘密
只有你我他才知道的日子
不叫分别，叫起飞

4

七月的花总是那么绚丽
七月的天总是那么多情
离别　别离
瞬间　永恒
人生同路是你的上帝
母校是你记忆的主人
而卓玛啦就是你的初恋……

西藏,蓝色的隐喻

迷 雾

云把太阳关进了屋子里
雨和雾正在肆意地飘飞
牧家女手中的风铃
摇拢了羊儿
摇响了回家的路
抬头不为看你
只为寻找路的痕迹

星星、月亮——
被雨装饰了夜的诡异
早已不见它们闪亮的踪影
抬头不为看你
只为寻找夜的方向

今天下雨了
明天太阳出来了
后天又迷雾了

问天、问地、问屈子的《天问》
是不是走错了路
才让365天长得——
我头发一天天一夜夜变白

第一辑 爱在雨季

西藏,蓝色的隐喻

风信子

八月为你铺满桂花的小巷
不为抒写秋天的童话
只为带去醉人的花香

花儿的心总是藏在里面
只为你守候和贮存
银色花瓣像极了天使的眼睛
只为抬头你能看见

早晨从鸟语花香中醒来
回头却不见你的影子

手握着风信子
默然、感伤

花儿微笑
风儿哀鸣
让我分不清是夏还是秋

初见墨脱

走过长长墨脱路
来到隐秘的莲花地
借着蓝天白云
看看
"莲花阁"门珞的宝藏
你会笑，也会哭
站在阁楼最高处
叹，一池莲花的圣洁
不该我一个人独享
站在阁楼最低处
感，满地的莲子啊
世人何时才真正懂你的心呢

蛟龙的地形
五颜六色的房子
经幡阵迷漫在每个角落
牛羊群满坡穿行在村庄
瀑布一样的哈达在风中

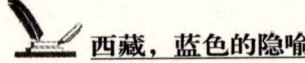 **西藏，蓝色的隐喻**

抬头望见莲花生大师
带着弟子们在空中穿行
低头会听见不知名的鸟鸣
我该说这是仙界还是人间呢
赶路的人儿啊　视觉的变幻
在墨脱　由不得你
唯有轻轻采摘一枚莲子
放入手中　用心感受
仓央嘉措生长过的地方

佛缘——缥缈的记忆

1

雾的升腾在天际
寒——将她骤冻了又积
陨落了雪白的飘逸
冬去春来依如故
牧歌常在耳旁回荡
那不是天竺的温情吗
蓝天白云和赤裸的坚石
只有日照温存我的每一天
悲凉与凄冽
神奇与幻恋
伴我日日夜夜

时间的错落，命运的安排
扣心问我与你
是不是无缘的人

西藏，蓝色的隐喻

春已到　心神往
趁冬天雪花的飘落
将残存的记忆
用浅浅的诗行埋葬

2

雪的飞舞在天空
冬——晶莹的雪花换了新装
装饰了冬天的漫画
冬去春来依如故
神鹰常在天空翱翔
那不是玛尼石的箴言吗
纳木错和虔诚的佛教徒
只念"嗡嘛呢呗咪吽"的每一天
悲悯与凄美
神秘与梦幻
伴我月月年年

岁月的流逝，人心的变化
扪心问我与你
是否是无缘的人
春已到　心神往
趁冬天冰雪地覆盖
将零碎的记忆
用白塔深深的藏匿

冰的凝固在大地
冷——缱绻了情思
封存了冬天的漫长
冬去春来依如故
喇嘛常在庙里诵经
那不是六字真言吗
神山和信徒们百折千转
只为积福立功（德）的每一天
悲泣与凄凉
神话与传说
伴我分分秒秒

光阴的荏苒，情结的归宿
扪心问我与你
是否是无缘的人
春已到　心神往
趁冬天冰凉的冻结
将悱恻的记忆
用经筒默默地转开

在林芝,想起南方

透过窗帘看六月的雨
晶莹透亮的露珠在窗台
水晶的颗粒
串起了明媚的心情
六月的南方
也下雨了吗?

雾气迷漫的天际
若隐若现的纱衣装饰了六月
时而流动　时而飘逸
勾起了忽上忽下的心事
六月的南方
也有雾吗?

雨后的艳阳格外耀眼
又迎回了花儿的微笑
阳光的炙热
瞬间吸干了一夜绵长的细雨
满地绽放的鲜花
不经意间早已回到了夏的绚丽。

蓝色的隐喻

网,让我们同住一个地球村。
梦,让我们向往一片蓝天。
思,让我们默念一方土地。

屏,让我们隔着彼此的心跳。
情,让我们划破了夜的宁静。
念,让我们编织了美丽的童话。

面对春天,我们放下欲望。
面对夏天,我们放下盛装。
面对秋天,我们放下果实。
面对冬天,我们放下暖阳。

是谁?设置了蓝色的隐喻
让我们放下了四季欲图
凝望苍穹的星星
聆听原野上的呢喃
搜寻——

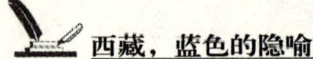 **西藏,蓝色的隐喻**

　　湖泊、草原、马尾草
　　以及明明灭灭的萤火虫
　　在南海
　　在高山
　　仰止祭奠心灵的图腾

林芝，六月的雨

林芝，六月的雨
来得快，也去得快
坐在灯红酒绿的房间
唱着忘忧草
以为可以忘却一切
而夜空的明镜——
是原野的春天

林芝，六月的夜
可以喧哗，可以寂静
躺在绿意绚丽的夜空
喝着龙井茶
以为可以飞出那口井
而水清澈的透亮——
是钻石的闪耀

林芝，六月的心
远远近近地漂浮

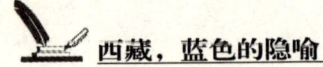 **西藏，蓝色的隐喻**

坐在电脑前的我
敲着六月的雨
以为可以唱出那世的情
而思绪飘飞如蒲公英
离了身——
而心依然可以跳动

忘记你我做不到

滴答，滴答
又下雨了
时而大，时而小
夜黑得我忘记了方向
那些雨的印记深深浅浅
多少回　多少次
试着掩埋　试着转移
去原野的春天　走走　逛逛
而转回的依然是深深的眷恋

王子啊！只要你降低姿态
永远不缺花的抱拥
只要你愿意
公主啊！只要能降低姿态
永远不缺蜂蜜的拥护
只要你愿意
倔犟的人儿啊！
也许只能用——
忘记你我做不到。

西藏，蓝色的隐喻

走进玛吉阿咪的微笑

拉萨雨季提前了
百草绿叶也多情
把手伸给我
让沉重的影子
穿过圣地
走进玛吉阿咪的微笑

大昭寺旁边的柳树
以一丛绿的姿势
静默中托起
我们深深的足迹

五月去佛前追微风
眼睛望着玛吉阿咪
心敲着暮鼓　伴着呼吸
佛光抚摸着史诗的额头

在我和世界之间

你是菩萨，是罗盘
是我梦中的灯盏
抓住羊卓雍措的记忆
走啊走　飘向了玛尼堆

无言的歌，总是深情的人唱
无字的书，总不是凡人所著
红墙　青灯　转经的路
虔诚　顶礼　献给莲花
明天是立夏　假如爱不失忆
我要说——
最高的信仰是经得起所有人怀疑
一切即一　　一即一切
绝不是雪山上一堆白
还有明天第一声晨钟

时间有泪

1

这些年无法言说的悲伤
非要问个必然
沉默：凝望
理由：微笑
非要回答
那就想象一下山茶花之上的诗意
爱，爱是信仰
从来没有理由，没信仰才要

2

听一首歌，看一首诗，做一场梦
时间的字眼会让不争气的眼泪到处乱跑
其实我一直都有病，病入膏肓，无药可医
直到普雅花开　直到遇见你　可医

后来　后来　前生今世　入世出世
生与死　爱与恨　成与败　喜与悲
尘土　尘土　我们都是生于尘土
那就选择给尘土一段美丽舞蹈
那就给人生一个过程而不是结果

3

高原的风总是拉得很长
高原的雪总是洁白无瑕
高原的情总是忠贞不渝
远方的人，我爱过
不可言说，不可言说
哪怕——
比梦还梦
比天空还空

一点绿之上的孤独

我时常仰望星空
一个月亮,或是无数颗星星
向着黑夜默默地啼哭
只是为了雪山湖泊的地标,可是

为了追寻一只蝴蝶的记忆
前生今世眷恋嵌在佛前一炷香里,在一炷香之外
没了蓝天,没有翅膀,更没有了明天
世界那么大,我却那么小,不过
为了见证一颗红心印满世界地图
我笑了,连着西藏的绿意

辽远的天空,金风玉露的任性
被映在一座座荒山的石头缝里
梦里萦回的花开,不知道已多少回
一句晚安,一声早安
打湿了昨夜的长风,也叩开了黎明中
一点绿之上的孤独

千里万里不是距离
就怕一里的悲哀
风雨中的飞鸟
日月星辰的昨天今天明天
何不听一首歌
写一首诗

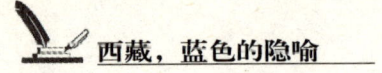 西藏，蓝色的隐喻

失 眠

1

在黑夜之外，看到半个森林
不认识那些花花草草，以及没见过那些洪水猛兽
一下扑过来，粉碎了整个天空

2

夜间没有发亮的树叶子
只有露水中睁开的眼睛

3

夜间的风能鸣笛
夜间的风有鬼哭

沉默　沉重

题解：朋友病了，同病房有三个病员不到39岁因癌症在病房去世，虽然我不认识她们，但却悲痛无眠。

谁会辜负菩萨的笑

我真的不知道你是谁
也不知道你掌管着白天还是黑夜
我以前不认识真正的虫草
不知道绿松石、天珠
更不知道拉萨河也有大海之美
听古老时间运走
抑或搬来星空密布生命的残渣
两个倒影在星河上空　变绿　发光

你把一块石头捡起
说，很像头盖骨
而我对着星星绝不是爆竹声笑了
信仰，诗歌；大地，宝石。似故乡
昨天，今天明天。变亮了
我们相识，没有声音的文字
我们相爱，没有谈情的旋律
在这儿，是圣地
谁会辜负菩萨的笑

一杯水的恩典

今夜,穿过北斗七星
走进玛吉阿咪
去见远方的客人
时间:凌晨零点
仓央嘉措的诗点亮了
满屋的记忆和元气

坐下来见一群人
望一下天,念一句诗
喝一杯水的时间
道一句扎西德勒
醉了月亮,醉了心
谁说这不是一杯水的恩典
谁说没看见雪域最大的王

祝徐侠客生日快乐

祝词敬献侠客君,
徐行一路乐助人。
侠骨铮铮柔情意,
客舍光盘四海惊。
生平宏愿共秉承,
日月菁华心生敬,
快意人生顺风路。
乐在人间大爱生。

七月，雨

1

七月的雨是一场音乐会
一个人的异乡一个城
心灵之风拂过高原
想你，是一种宿命
念你，是一生的乡愁

2

窗前蛛丝牵柳枝
一丝一缕笔舞泪
故乡龙王的住所
花开遗世无人问
一往情深叹古风
来来去去万物知
柔风玫瑰蓝天笑

池中金鱼来赎罪
人活一呼一吸间
谁说世间有痛苦
我看那是心作怪

3

雨一直下
没有城市之分
接受，雨脱掉的外衣
你明白多少

一块玉石，藏在岩洞
我没有告诉任何人
真相浮知　痛苦思考
飘然陪我飞出洞　雨的命名
雨的命名
谁说不是一场雨来一场梦
谁说不是认识你认识我的新一天

西藏,蓝色的隐喻

七月,布达拉宫广场中的那些诗

雨

拉萨的夏天,也叫雨季
没有远方,只有唯一

布达拉宫广场

我将所有的信仰
都拉到太阳之上

人群

多么慈祥目光
连着五湖四海的笑

音乐

雨滴是跳动的音符
而你是唤醒的精灵

风

我没有太美的诗给你
但我知道你在　就会跳舞

路灯

是白天黑夜的战士
是每天不灭的忠贞

白塔

没有看不到的心
没有看不到的眼

诗

远方的人和事总是最美
远方的山和水总是最纯

梦

梦是一朵花
梦是一季雨

酒

是一杯蓝色的光
是一个人的童话

说给你听

虔诚的人在布达拉宫转动经筒
六字真言、红墙、哈达
在蔚蓝的天空中飞扬——

我所有的信念
都让经筒增色
不是传奇已是传奇!

我所有的信仰
都给经筒诉说
拉萨,我回来了。
抱着太阳的梦回到经书里。

我所有的经过
只有经筒知道
只是经是经,过是过
来不及分辩白天与黑夜的天神
就已被宝瓶收走

风的孩子，17 岁的笑

1

原谅吧！谁的心都长有一双翅膀
我爱你，不只是绽放在春天的花朵
是写在今生今世的石头之上
清白比命贵。梦中的梦
相信比情长。植物的重生
动物的迁徙，神明的灯塔
灵魂的合二为一　没有什么傻不傻
只有蓝天之上的蓝破解了心中的蓝

2

从森林里奔跑出来的精灵
爱上了大海里最蓝的一滴水
天使的背离不是不成熟是成长
风的脚步追不上水的变幻

多少美好葬送在我忘记了
忘记了　该去珍惜值得珍惜的人

3

路过荷花节，见过最美的天使
想活得年轻就该年轻地活着
世界不会辜负一个努力的灵魂
歌与蝴蝶的随想曲　你的后座
我的天堂　何以论　好与坏
多愁的人扰心扉　多情的人总伤魂
跨过雨后的泥泞　才知晓
机器式的下棋　只要对面还有活人
摔倒的泪水也会开出钻石的花蕊
昨日已过　未来跃过城墙
疑心的心和爱人的心是一颗心
跨过光阴的脚步　接受那个纤尘不染
内心迷茫的孩子吧

4

痛苦　挣扎　绝望不是要让你变魔鬼
真爱的路上从来不只是开花不下雨
只是一个人想要的蓝，只是蓝
然而，谁都知道这是奢侈品
可怜的她还没有识别的能力

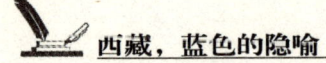 **西藏,蓝色的隐喻**

凌晨的时间　心跳的频率
文字的秘密到处都是
就让他破译为　这个风的孩子
写着89岁回到17岁的笑吧

第二辑

故乡

白天和你形影不离
夜晚和你以身相许
———《雪落西藏》

西藏，我的第二个名字

相逢

我想，我就是雪域高原的骄傲
一棵原野上的小草
拒绝了蓝天白云的怀抱
拒绝了花红柳绿的妖娆
可是，无法拒绝清风温柔的情意
如一缕缕温馨暖阳普照
我向你敞开的心房
珠穆朗玛很高，而我从不觉得她高
萍水相逢，即将错过十七个季节的轮回
幸好，没有错过彼此的萍聚
十七岁那年的雨季

相识

种下一株雪莲花
虔诚地祈祷
用心地培育
盼望林芝洁白无瑕的花朵

西藏,蓝色的隐喻

在春天里绽放
高原的风,很大
飘落的雪,很冷
原野的空气,很稀薄
而你用一颗火热的心
融化了风雪
让我不再披着面纱
不再畏惧风雪严寒
与你相携走在每个蓝天里
向前,向前……

相知

走过夏的绚烂
漫步秋的浪漫
告别冬的飘零
迎来春的美丽
我们隔着高与远的距离
终于鼓起勇气,拔掉心中的芒刺
投入你的怀抱住进你的心房
停歇在 365 个日日夜夜
只因为你的神秘

相守

又一轮冬去春来
静静地守在你必经的路旁

默默地倾听你的喜怒哀乐
虔诚地守候着未来的每个日子
也许会有疲惫也许会有倦怠
但我绝不离弃
驻扎在孤灯月下你的诗魂里
也许没有惊心动魄的情景
只愿天涯海角追逐时你能看见

未来路途遥远
前方的路很迷茫
但我绝不离弃
驻守在你趟过的每个魂魄里
也许没有荡气回肠的情波
只愿花开花谢时能安枕入睡

因你的陪伴,我很快乐
无尽的旅程,只想用
我的西藏,我的梦想
抒写我生命的花朵
我的诗,我的灵魂
成就一个美丽的童话故事
如果有人问起——我想说
西藏,是我的第二个名字

西藏,蓝色的隐喻

前世的一棵小草

又是一年冬
雪封了山　封了路
却封锁不了爱你的心
即便——
你是喜马拉雅山
你是雅鲁藏布江
多高多深
却阻挠不了我爱你的心

天会黑,但我不曾畏惧
因为你就是黑暗中的灯盏
是啊,你给了我幸福
幸福得有些让我难过
我以为自己不会哭
却流泪了

很想问前世
你是身边路过那只蝎子吗

匆匆的一瞥
一个不经意的微笑
让我思念了一千年
今生想见你的微笑
比自己心跳还重要
你知道我是谁吗
我就是前世
对你微笑
那棵小草

第二辑 故乡

雪落西藏(二题)

雪

大雪总是对西藏情有独钟
住在山上,住在我家屋顶上
一片一片紧贴着
像在倾心
探讨人生的存在
但当我靠近时
是我的温度融化了你
还是你的痴情只为我的到来呢

冰

与雪结缘后
凝结了我的生命
让我在尼洋河上
有了自己的家

从此
白天和你形影不离
夜晚和你以身相许

第二辑 故乡

西藏,蓝色的隐喻

人在千里　爱在心里

走在热闹喧哗的街道
望着川流不息的人群
目光呆滞
眼眸却只有你的影子

久违的小城,远方的爱人
春天那头的你,还好吗?
不常联系,不意味着不想你。
千里之外,我心咫尺。

沉默的爱,不代表忘记
无声的想,却是你的身影
多少夜色,也填不满自己的思念
多少情话,却消散在你身后的哽咽

想你太久,爱太憔悴,
渴望见到活生生的你。
而我只能在梦里走近

但每夜却又难以睡去
人在千里，爱在心里。
风铃草在风中摇曳
如果我可以逃脱
与你来相会
千万里也会奋不顾身飞去
未曾忘记三生石边的约定

火，在内心里燃烧
有烟有雾
只是没有人知道
思念的痉挛令我窒息
永无休止
斑驳的泪痕，梦里的花开
忆往昔，叹朝夕
我只能遥望日月星
静心沉虑
明白的活着，糊涂地爱着

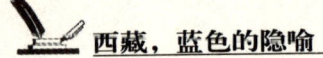 西藏,蓝色的隐喻

撕夜(六题)

雨

雨滴哒滴答
落在了房顶
浸醒了残梦

五月

小草给土壤针织了绿衣
格桑花让旷野浮想联翩
蓝天大地陷入无限沉思

柳树

柳树条条欲蠢动
飘飘洒洒在雨中
乱了东西南北风

时针

岁月颠不乱时针
不知去向和归处
默然遥望日月星

窗外

玻璃把纷扰隔在窗外
多情的月亮落在窗台
红色玫瑰花却在盘内

梦

月光把影子赶进了屋内
黑夜灼痛了黑色的眼睛
只愿梦里洁白莲花朵朵

西藏，蓝色的隐喻

同一个太阳

朝阳还是输给了落日
朝阳那么的自信
相信了灿烂
原来是错觉

同一个太阳
朝阳还是输给了星星
朝阳那么的执着
相信了奇迹
原来是假象

同一个太阳
朝阳还是输给了月亮
朝阳那么的真诚
相信了光亮
原来是虚拟

童 趣

1

鱼儿在池塘里游来游去
小孩子在岸边尽情玩耍
树叶儿和草叶儿在风中摇曳
车辆朝着自己的方向东奔西跑
太阳——
一会儿给大地穿上金色的衣服
一会儿给大地披上灰色的衣服
鱼儿——
一会儿划破了水的镜子
一会儿碰落了莲花的心思
它们在水草里交头接耳

我在和六月躲猫猫
而我的孩子在给小石头洗澡
你把网线停在水中央
只为守候鱼儿的光临

西藏，蓝色的隐喻

2

太阳落了
大人在暮色里喊着鸡鸭们回家
月亮升起
我的孩子在问
妈妈，那是谁提着小灯笼
在天空里走
我说，那是常年在外的人
在走这夜路
不信，你喊一声
那个人，就会在你耳边
轻轻地答应

3

太阳西沉了
丑小鸭　鸡咯咯觉觉了
月亮挂在天边了
星星向我眨着眼睛
我和小伙伴拿着弓箭
排着队不停地向月亮射去
始终不见掉落在地
数着1、2、3……
妈妈——
为什么月亮我射不下来
……

月光爱人（三题）

无形

站在比日神山中央
观望对面群山的环抱
没有声音，更没有动作
山林里的小鸟示意
让我回过头来
甩掉鞋上的泥土
转身太阳已爬到身后

对岸

雾里的兰花
连着花蕾躲进了心脏
兰叶上的露珠啊
怎么就湿了身　丢了心
……

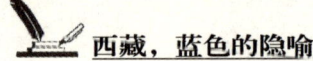 西藏，蓝色的隐喻

黑夜，灼痛了明媚的眼睛
颗颗雨珠飘落在窗外
月亮去哪儿了
怎么就消了影　灭了光
……

萤火虫儿，不停地闪烁
水很湍急我还在行走
原来你在对岸
怎么就慌了神　崴了脚
……

月光下

夜，很静，静得只有呼吸声
雨，打醒了童话故事
月光下的爱情啊
像极了林芝的雨季——
只开花，不结果
来匆匆，去匆匆
落叶的哭泣
红叶的孤寞
注定寥落
没有阳光的果实

小 草

我想
在高原，应该像小草一样活着
用深绿色的骨头
在缝隙处与你相见
我想
在边疆，应该像小草一样活着
用自己的瘦小单薄的躯体
在乡村淤泥里与你微笑
我想
在高原，在边疆
就应该像小草一样活着
在雪域之巅的每个角落里
风来了，不隐身
雨来了，不打伞
雪来了，不逃跑

雪

躺在大自然的怀抱里
凭着冬季的寒冷
再现你的生命
没有人知道你短暂飘零的爱
是那样的残缺与不完整

我的蓝天很辽阔
盖满大地和村庄
还有泥香
蕴涵着无数个爱心
裁剪出一件白色大衣裳
可萦绕在你全身的时刻
太阳站在了我身后
我只能挂着满脸泪水明白
你只是我人生中的过客
给过你一息的馨香

蜜　蜂

有光无光的日子里，我都在赶路
没有一只蝴蝶相伴
蜜蜂飞进了一个个花园
欢喜，失落
遍及每一个日出日落

遥望天边的相对的日月
把北风驱赶到季节之外
我借萤火虫儿的一点光亮
鼓舞着那些可爱又可怜的人儿
只要你用心真诚面对每一天
何必去计较是友情的还是爱情的

醉心镜梦

从一面镜子走进林芝,来到江南
魂梦是无声的艳阳
只因你雪域之韵,盈满云朵
成了我月上眉梢最美的画笔

走进高原,来到南迦巴瓦峰
魂梦是无声的月光
只因你雪域之骄,填满情圈
点亮我头顶星星最美的眼睛

走进佛堂,来到喇嘛岭
魂梦是无声的星灿
只因你雪域之巅,写满经文
成就了我心最美的彩幡

你是春色绿意的使者
你是心田润泽的雨滴
你是灵魂洗礼的神水

走进高原，紫蕾飞梦，系牵我心
用血液抛洒画虹，走银河天挢
风雨兼程在家园的轩窗
你无私爱抚，我良苦用心
只为，每个太阳升起都是最新

你坐在镜子里
——佛堂，草原，林芝
用虔诚暖开生命的寒香
用善良填写生命的春天
打破雪山的缄默
引燃阳光的炙热
展开雄鹰的翅膀
我们飞跃在雪域高原
挥毫一幅天上人间

第二辑　故　乡

桃花泪

山峰是竖着的等号
你是等号里走出的
第一片桃花

春风温暖林芝的旷野
你掀起了我心中的涟漪
数抹红霞几许绿意
如羊群散乱了草甸

矗立的红叶李
是金黄收获的开始
你和我的故事
却如夜空的流星陨落

抬头不为看你
只为眼中的泪水
不再滴落

一幅未完成的画

是谁开启了爱神之门
记起了十七岁那年的雨季
是谁抚过柳枝漾起了春天的故事
在三月里唱起了爱的供养
是谁流连秋天的童话
绽放出丘比特之箭的绚烂

三月的一个夜晚
多言的鹦鹉
已在笼里睡着了
一个人
一杯茶
一盏灯
一台电脑
不安分的心跳
停歇在
飞过的小桥流水
掠过的鸟语花香

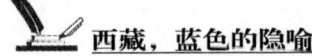
西藏,蓝色的隐喻

扑过的茉莉花开
写过的凄婉诗行
突然
心底层层浪花
沸腾起来
又恢复了平静
留下夜的暗影

朦胧的黑暗
半睡半醒的梦
慵倦地划过心灵的绿草地
受着爱的折磨
一刻比一刻更无力
所有的情人都在渴望
自己也不清楚的东西

从春到冬,季节轮回
只有你左右着我的思绪
从早到晚,无论我在哪里
只有你占据着我的心灵
从东到西,无论方向变换
只有你镌琢着我的灵魂
从暗到明,无论我在哪里
只有你掩饰着我的忧郁
纵然我爱你一往情深
所有的都将幻灭

桃花的善意
寻找美丽的秘密
拾起色彩的画笔
我无力下手

第二辑 故 乡

众里念你

千里之外，我心咫尺
无声的夜色，在风中的哽咽
众里念你，你的
影子，填不满我的思念

千里之外，我心咫尺
憔悴的风铃草，在雨中哭泣
众里念你，想起
前世的三生石边，曾经有你

千里之外，我心咫尺
飞逝的流星，在泪中寂灭
众里念你，溅起
我三千苦涩的涟漪

千里之外，我心咫尺
痉挛的火苗，在心中燃烧
众里念你，灼痛
我烟雾缭绕的记忆

瓶　子

清晨，我醒了
别人的眼睛看见了——
阳光、蓝天、白云
而我却看见了树叶又开始黄了
草也开始枯了

轻轻地走近秋天的童话
我用静默、用虔诚、用生命
把这些枯黄的树叶儿装进一个瓶里吧
托风儿把这瓶子带给远方的人儿
送去吉祥，送去安康，送去一帆风顺

不要问我爱你什么
我只知道——
爱你，不需要理由
爱你，不需要言语
只因为是你，我再爱不了别人

西藏,蓝色的隐喻

路边的声音

抬头有蓝天　白云
低头有雅鲁藏布江
回头有你的影子

走近一座城
有山　有水　有生命
路过的人
会快速地抓走记忆
回头问问——
专程来访这座城的姑娘
你是为美景而来
还是为这座城市而来?

嘘,微笑　沉默
都可以填充不用回答的答案
回头你会听到——
与其说她恋上了这一座城
不如说她恋上了这一座城的某个人

梅 语

1

梅花朵朵叹凋零，错看春秋比翼情。
一段相思千古泪，他乡远望倚窗棂。

2

雪落窗台寻旧梦，千般旖旎在新乡。
菊花入酒芳菲在，共享诗情古韵腔。

3

千山万水话离情，细雨绵绵伞下迎。
冷夜难识新旧恨，天长地久梦难平。

西藏,蓝色的隐喻

4

孤灯做伴鹰飞梦,缕缕丝丝乱如麻。
姗姗清影渡无眠,怨声悲悯泪连襟。

5

翻山越岭解哀思,魂牵梦绕月难全。
一心痴等化君缘,星星点灯空无觉。

6

瑟风潇水夜凄凉,无尽绵思斩不断。
岸堤落花情意长,漫舞飞天镜如画。

7

落寞飘零遇枯枝,燕子南飞遥无期。
皑皑白雪覆大地,恋恋红尘不思归。

8

腊梅朵朵今流离,寒雪纷纷无人问。
午夜楼阁夜微凉,只愿他朝妆燕姿。

梦里月光

1

日落西山里,痴情苦泪随。
愁绪怅然起,心事两相追。

2

对镜叹花鲜,情迷意乱前。
美人愁绪在,可知为谁颠?

3

树下听风响,花前赏月光。
清茗飘渺渺,揽镜巧梳妆。

4

窗前小鸟惊,卷帘灯火行。
花前贪月色,一夜缅怀情。

5

门环锁方扣,问君几多愁。
千里迢迢路,飞鸿梦里游。

窗外的白鸽

十月,拉萨的十月
是幻化写满童话的十月
蓝天白云眷恋着西藏独有的翅膀
高山流水弹奏着仓央嘉措的情歌
听　屋内那群年轻人总是欢声笑语
窗外的白鸽一次又一次
忍不住隔着玻璃
只为几十秒　几十秒
那群年轻人
全部回望的眼神
呵,飞走了　又飞走了
雪域的天使
可以在蓝天
也可以在窗外
非要问我怎么如此爱笑
那我可以说迷恋蒙娜丽莎
也可以说"哭"和"笑"笔画一样多
如果非要一种答案
那就是我们常说的一句
"喜欢是淡淡的爱,爱是深深的喜欢"

春 色

1

带着全部的爱
种植了满园春色
看吧，看吧
满园里
樱花交出了浪漫
桃花交出了春天
梨花交出了纯洁
就连成片的树叶和草
也交出了绿
知道吗，这一幕幕
多么柔软
也写在了那年
你低头的笑靥里

2

从一片绿色

到荒无人烟的沙漠
那些免费的水
成为珍宝
而我多么幸运
捡到一瓶水
清澈和纯净，让我
想起童年
也抓住了希望
带着这瓶水
我走出沙漠

3

生命中千般情思与果实
汇成柏拉图式的恋情
超越了阳光　和水
四月，林芝　是我们的家
五颜六色的花朵
绿意的城池
叠成了彩色的风铃
带着我们
走过了
一年又一年

春天不会再有冬天的故事

三月,桃花拨开了双眼
几个人
把一个被光阴伤害的人
带到了春天的田埂上
蓝天下的白云牵引着
放牧的孩童摇着手中的铃铛
追赶着春天的脚步
山顶上的雪被春天搬走了
经幡阵带着虔诚的心感动
玛尼堆的真言
让我合着十指微笑
我肆意追逐着奔跑的羊群
放下手中的羊鞭
走进佛堂
念起"嗡嘛呢呗咪吽"
风依然还在吹,不过
那条鱼儿不再占满河谷
我会把我的前世埋藏在山顶之上
从此
春天不会再有冬天的故事

掉进窗子的月亮

1

这样的夜晚
闭着眼睛也能看见迷人的月影
不懂的人会说这是梦境
懂的人一定知道那是思念

亲,亲爱的
思念一个人怎会计较是白天还是黑夜
怎能区分得了是眼睛看还是心在看

外面的月光总是悄悄地掉进窗内
剪了影　瘦了身　摇晃在你跟前
谁能说得清有缘就代表良缘呢

冬天盛开的花儿
总是格外的迷人

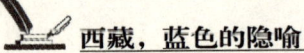 **西藏，蓝色的隐喻**

风雪中为你撑伞的人儿
总是格外的伟大

草木的枯黄　灰暗的天空
谁能说那都是生离死别的象征

2

拉萨的鹰环抱的天空永远那么真实
而我的世界永远那么如诗如梦
天上的月亮初一不圆，十五也能圆
飞机在高空飞越
人心在地上乱窜
不要问我明天的是否有太阳
只望每个明天的太阳我们都能相见
不管是天上的，还是水里的

3

饮一杯水，会卡在喉咙里
不是有刺　就会有痛
人生如梦　梦如人生
月亮不小心掉进了窗子
又有谁告诉她一杯水的清纯
还会对应着她一生的复杂……

冬日高原

好冷
冷得想逃
逃到床头的小说里
站在城中央
一睹雪花的飘零
却遇见雪人
遇见洁白冰冷的表情
月亮笑了　我哭了
雪域住着菩萨一样
善良的人儿
你真心欣赏过
这一片蓝天的蓝
你就不应该不懂
冬夜那朵飘零的雪花

西藏，蓝色的隐喻

记事本

他用太阳的光线
照开过从未盛开的花朵
用智慧
打开过从未尝试的生命
然后变成了记事本

记忆里。有雨季
他始终没忘记在雨季里给她带伞
月光下那枚深情的故事
从此
掉进了深海
或许是夜太黑
又或许是海太深

记忆里。
她是个天真而成熟
纯真而浪漫　给他眉梢划开过笑颜的女子
一枚红色的枫叶　在星空下

会弹奏一支舞曲
只是星不够亮
没有方向　没有终点

西藏，蓝色的隐喻

假如爱有天意

来到拉萨圣地
那年车祸——
阴影，没了
只为见你最后一面

叽叽喳喳的鹦鹉
总想知道
为何逃离了世外桃源
红色的玫瑰
默然　绽放
从来不问结果
只为彼此成为最好的人

布达拉宫在仓央嘉措的笔下
忘了他是活佛
非要问个必然
我想那是灵魂深处最美的画笔
真正的爱情，伟大的爱情

一辈子只能有一次

菠萝撒了盐，眩昏、战栗、流血
只为散发甜蜜的味道。
假如爱有天意
不要问为何
我只想说
因为只要活着我必须爱你
我内在的生命是你所赐

妹妹忌日

九年前
那一天被警察的电话惊醒
——现在,被噩梦惊醒

有些痛
就像树干断了
根,却永远还在

两个人的倒影

八月　林芝烟雨的季节
鲁朗　巴松错
去过多次　只是
南迦巴瓦的面纱
总藏着
真有缘的人才懂的含义
牧童与牛羊群穿行在
前世今生里，好像问
你就是我再回林芝
这一千年中　途中
必经的结果吗？

一句"任性"　那是林芝十里不同天
没有来过这里的人不懂的秘密
传说十指环扣的男女，来世还会遇见
来来回回　看见森林里树枝
交叉地生长着　开心地流泪
林芝随缘　拉萨随心

借着五彩经幡　念起"嗡嘛呢呗咪吽"
穿过仓央嘉措的印迹　来到布达拉宫脚下
借着月光　印出两个人的倒影
才知,七夕。萍水相逢的含义

第三辑

绿色骨头

你说你很疼痛
仿佛就是一个秘密
就像
冬季总跟雪花连在一起
　　　　　　——《疼痛》

深绿色的骨头

天上的月亮在游走
水里的月亮在飘荡
都是月亮,但它们不一样

锁与锈纠缠不清
是钥匙掉了
还是根本没有钥匙可打开
我独坐在月下
把一切藏在了白雪下
成了秘密

冬天路边深绿色的骨头
全变了色
谁能说得清是季节的无情
还是生命的重生

岁月的童话

抬头望着蓝天上朵朵白云
低头发现站在了十字路口
是在找寻来世的出口吗?
却发现站在原地
从未挪动过半步
春天来了,百花齐放,百鸟争鸣
请不要问我这些你都看到了吗?
因为我只能说
这些是每个人都知道的事
却不是每个人都可以感受的事
夏天来了,烈日炎炎,绿树成荫
请不要问我这些你都如何感知?
因为我只能说
这是季节的自然
却不是我个人可以调控得了的事?
秋天来了,秋风习习,北雁南飞
请不要问我这些你都如何面对?
因为我只能说

这是离别的必然
却不是偶然
冬天来了，白雪皑皑，千里冰封
请不要问我这些你都如何接受
因为我只能说
这是岁月的童话
在写着故事的结尾

第三辑　绿色骨头

疼　痛

你说你很疼痛
仿佛就是一个秘密
就像
冬季总跟雪花连在一起

季节的更换总是来不及回首
像极了蒲公英
看似自由自在
其实身不由己

窗外的风儿吹过不停
人坐在车内
迷了眼　惊了耳
发现你说的这种——
疼痛又仿佛是一种意象与单纯
只是多了一份无赖与不安宁
更多的像一个按钮
一个机关

一个隐喻
……
黑夜给了星空的迷漫
而我想告诉你——
有种疼痛
叫痛并快乐着
有种爱叫——
你在闹,他在笑
……

第三辑 绿色骨头

头 昏

旁边
若隐若现有很多人在聊天
嬉笑怒骂声阵阵
是那样的让人想融入
然　头昏
昏得让我分不清
这是在梦中
还是在现实

回望　沉默　微笑
这种不知道根源的头昏
让我　只能静默
一弯被黑夜剪得像
小船一样的月亮
一会儿漂流到了春天
一会又漂流到了冬天
好想求路人
撵走梦里的魔鬼

不要让我头昏——
找不到东南西北
不要让黑夜气愤——
剪掉了月亮的尾巴

第三辑　绿色骨头

问 秋

1

此处的秋季
天天有雨
曾经说好
彼此不再言爱
思念的时候
天色会代为转告
若是放晴
那么我是快乐的
若是风雨
那么我是忧伤的
然而
我的天空始终阴雨绵绵
内心写着不一样的诗歌
满满的
都是秋天里的悲悯、幻化、空灵

只想问
秋天的金黄如此炫目
为什么裹藏着
人在天涯梦断肠的宿命呢

2

密密麻麻的草坪
藏着一堆秘密
一不小心就能碰到
你敏感的神经
稀稀疏疏的树枝
削剪了秋日私语
只留一个干净透明的
身影在风中
断断续续的雨滴
惊醒了河水里的精灵
道不清，说不明
这是秋季，还是春季

依稀看见树上的鸟儿
飞进了岩缝里避雨
不是逃避，只为独处
地上的羊儿在清洗身上的污秽
只为那片荒草

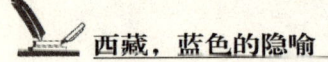西藏,蓝色的隐喻

也有了别样的宿命
远处的车辆缓缓行驶在途中
没有伞的孩子,在拼命奔跑
折翼的鸟儿,用力地
飞呀,飞呀

远了身影,深了情

3

走出屋外散步去
走的是路,撑的是伞
伴的是雨,念的是人
雨一直下,撒落了满地晶莹
点缀了树的明媚
像点点繁星
不知是该轻轻摇落
还是
让它就地贮留

下察隅上空的云朵

月亮姐姐坐在
下察隅上空云朵之上
群星环抱
而我静坐在一块小石头上
流着自己的眼泪
数着眼角的皱纹
走进黑色的夏夜
在你的地方等你
等你……

穿过原始的部落
带着现代人的心跳
细数着一个男人话语
友情　爱情
爱情　友情
不可跨越
只为蔚蓝色
可青蛙却跳出来说
看看我身上的颜色……

失眠的夜,在下察隅

晚上有蛇、狗熊,天还黑
不适合出行,你说
站在路中央的我
进退:看路都黑,看天还有雷电
那喝口酒壮壮胆,我说
结果远处唯一的灯光也灭了
只有手中的冰淇淋了。看来
要凉就凉个透彻
要痛就痛个钻心
蚂蚁搬家了,五湖四海新交友
倒上米酒,欢快饮一场
唯独我是茶、你是酒,他也是酒
翻来覆去睡不着:失眠
好想问
陪你喝酒的男人是真爱
还是陪你戒酒的男人是真爱

夏天的风声
——在下察隅

1

知鸟声声缠绕在耳朵里
如果不是耳朵还听得见,会以为自己死了。
昨夜雨下过,打湿了睫毛。还是会记得你电话
千转百回,爱人,你还会想起
夏天的风声中
有童话故事般的呢喃吗

2

这里山水的美丽我不想用山清水秀来形容
这里观驻经历我不想用拍照留影来渲染
担心　神奇幻化的古树会笑我另一只眼睛
捧一捧清水放入芭蕉叶中　带走
何必还问是否来过

3

莫名而来　仿若回家
你一言　我一语
说说笑笑　来来回回
谁能说清前世的谜底

僜人部落的记忆

这里风景　美
不属于我
采撷鲜花　骑马归来
发现
我更喜欢冬天
夏天的果实　甜美
那落下来的
落下来的
是我无法粘贴的命运
看一会山　看一会水
七月　美好与丑陋
已过

西藏，蓝色的隐喻

夏天的花

多雨的夏季，让我分不清
在林芝还是在四川
夜莺的歌声总在唱
时空会绘画　记忆在重现
一天又一天　串成了一段
是我不知道的未来

风在吹　时间在跑
是我无法言说的昨天
一双长满了虫子的翅膀
这里　那里
都无法到达

一面魔镜　魔镜
告诉我　夏天的花儿是盛开的花儿
释迦牟尼的画像是
一朵朵莲花　一声声"唵嘛呢呗咪吽"
心心念念　念念心心
太阳下的每个日子

有一种结缘,因重生
——致萱歌

萱歌的美　如格桑花
而结缘她　是因她与高原一起生死的诗

诗里
有盛开的雪莲花
满眼
偶尔　又
荷花高洁　满地
乌龙茶的清香　醉心
摔倒的泪水
在冰雪中　站立

她的安然　如一棵树
我真的　好想倚靠
却仰起头说
女神　你好令我倾心
而信念也足以让我

西藏，蓝色的隐喻

对她仰望

忽而觉得
她　就是我仅剩的
几抹春色
在我烦心的事太多
懂的又太少
在我迷失的日子
在我的曾经

那天　我的心乱了
世界也无比的乱
浑然的我
笑中　泪挂眉梢

我想对人类说　再见
可在告别的那刻
萱歌　她拉住了我
她倾听　我的故事
也抚慰我　不平静的心跳
再抹去　潮湿的眉梢

每个人梦中　都有格桑花
只要有梦，就会花开满园
生命珍贵　如龟植木
自己不要　没人替你坚强

……
字字句句敲打着我
木讷的灵魂渐渐苏醒
我拾起自己
走过炼狱　去往天堂的路上

我终于懂得
所有的苦恼
都源于自己
死　是多么的简单
而只有活着
才能去爱那些
深爱自己的人

这个如格桑花样般的女子
唤醒了我对生命的渴望
我再度看见春色满园
而不仅仅是窗前的绿芽
她用诗一样的语言
感召我
告诉了我
有一种结缘　因重生

钥 匙

天啦我只是和星夜恋上了
睡不着就想去看看你
门紧锁试试"第六感官"这把钥匙
主呀就这样进入你的房间
还从未见过你的人
一颗星带着我
飞到了大唐的长歌里
分不清古今的节奏
以及那些遗落的花事
还有"17岁那年的雨季"
至于是偶然还是必然　你或许会说
我是有锁　而你却有钥匙

一无所知

（一）

来过
西藏的人都知道
她没有阴影
灯特别亮
可以看到
星星、雪山、树、幡、塔、路……
听到辗转的经筒
酒杯的声音就碎了

2

老狗教小狗捕猫
你会笑　用的是吠叫声
冷空气在月光下贮藏
电线杆硬是收下了

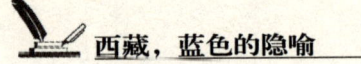 **西藏,蓝色的隐喻**

这样的礼物
来到圣湖
看到了前世
我们就这样飞走了
一无所知

冷笑话

没人理的黑夜
我想就是一个盲人
绝望　未知
会长出更黑的生命线
甚至是另一个世界的种子

拆开八月的光影
安抚不安分的心跳
闻着雨中飘荡的桂花香
很想分清是风中的记忆
还是正在发生时

站在路中央，逃跑
发现　脚不是翅膀
蹲下来　聆听
一朵花的声音
出现前生今世的轮廓
窗里窗外　花开花落

 西藏,蓝色的隐喻

每个花瓣
枝连茎　茎连脉
在阳光下,泥土中
后知后觉的人儿啊
黑夜聆听　冷笑话
破晓的黎明会笑你

月亮之上的秘密

冬天,恋的是冰冷。
像一个身体,需要血液。
而我等待秋天的童话,需要梦
从春天到冬天,从遇见
到从一而终
多余的枝叶,则——
风干　在还没有雪崩之前
克制的诗意,是朵多情的玫瑰
是冬天飘落的雪花
风中的承诺,是一杯
清水。纯净,复杂
——都是漂浮在俗世的人啊
读不懂月亮之上的秘密,来自
爱的缺口。属于我的
种在贫瘠的后花园
这年,那年
我一直守候着
不变的"晚安"
(晚安意为我爱你)

西藏，蓝色的隐喻

这个星期六

这个星期六
那个美术馆、书舍
邂逅的经典
窗外，下雨了
我没去拉开窗帘
只想去感受久违的夏季。（生活在西藏夏天感受不到夏
　季，如春天）
满街的车和人
还有地上可爱的小狗
在飞跑，花儿在笑
鸟儿在唱，一个打着伞的小女孩在追蝴蝶……
我就这样看呆了
不要问这是一幅油画
还是一段音乐剧

秋天的感觉

秋天是金黄的天地,我在城市的一角。
她看不见我,我也看不全她。
只能用心感觉金黄叶子掉落时的场景
又或者满地金黄的稻谷丰收的景象
我睁开眼,闭着眼,想象秋天的颜色
剪掉长长的头发,包装
系上前世的声音扔向河谷
漂向远方。

照照镜子,翻翻照片。
拖出长长的影子,来到秋天的田野上。
我不想说话,默然,寂静,思考。
我想说话,多情,忧伤,思潮。
看着候鸟往南飞的阵营
就这样,这样
一个梦涌向我的灵魂。

西藏,蓝色的隐喻

致爱人

相遇。以为你是活佛
我把今世来生种在了
早上八九点的太阳之上

相知。以为你是泰戈尔
我把今天明天写在了
晌午飞舞的彩蝶身上

相爱。以为你是磐石
我把生命的种子撒在了
夕阳下最美的泥土中

最后,我站在太阳之上
眺望。时间是早上八九点
结果,只有一道长长的影子

奇异的恩典

捡一枚金黄的叶子
打造成一艘小船
划向我最想去的果园
不为采摘果子
也不为探知秋天的秘密
孤独的人
只想和秋天打个照面
特别是那红红的苹果挂在枝头
像极了孩子的笑脸
还有那一串串紫葡萄
像极了紫色的珍珠
我想,我是羡慕她们了
要不然森林美妙沉静
也败给了此时她们多情的笑脸

美丽的寺庙敲响了钟声,给我
临别时赐予了奇异的恩典
飞在寺庙上空的两只飞鸟

第三辑 绿色骨头

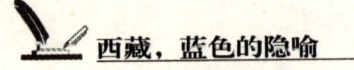 **西藏，蓝色的隐喻**

不停地为我歌唱
正是我想要的明天那一轮
不落的太阳在蓝天之上

幸福时刻
　　——致我的文友们

此刻,"鲜花、鞭炮声、祝福声"
让我心开出了花朵。
我笑了。
此刻,祝福的文字沾满了我的眼睛
让我看不到其他。
我哭了。
此刻,我坐着,发现了一群做着中国梦的人儿
让我看到了灵魂
走向我。
此刻,我被这个地球村的人点了穴。
定格,幸福时刻。

西藏,蓝色的隐喻

一幅图的心事

找一幅图,装饰电脑的眼睛。
去往 QQ 存活的几千天里找——
去向蓝天、白云、花草、人物、经筒的世界里找。
一片蓝天,对。一片蓝天,没有云朵——
再次把我带向了去往西藏的路上,在这残留的秋天。
夕阳在西天闪烁出孩子的笑脸,黑夜漫漫,邀来了星星、
　月亮。
发现我不只是在找一幅图,还有很多很多缺口需要填充。
只有那些不明不灭枕着似水流年的青春知道。
只有那些不增不减枕着天荒地老的誓言知道。
一幅图——
有路,有路——在蓝天下飞奔
成了电脑的眼睛,从此
也成了我的眼睛

第四辑

黑夜河流

后来，后来
雨中的精灵再灵　也不只是在天界
　　　　——《黑夜下会动的河流》

黑夜下会动的河流

我想,女人只要真爱过
空气、石头、河流
她才会深知大海的呼吸

后来,后来
风中的玫瑰再香也不过是一幅画

我想,女人只有真爱过
绿色、风火、雷电
她才会深知草原的声音

后来,后来
雨中的精灵再灵　也不只是在天界

西藏,蓝色的隐喻

拉萨,我回来了

拉萨,我回来了。
踩着蓝色的步调回来了。
你还是你,我还是我。
爱,爱你。我想那是一次深情的牵手。
碎纸窗,点染着一首古老的情歌。
玻璃、纸、水在暗黄的夕阳下舞动——
我想,不是传奇已是传奇!

拉萨,我回来了。
抱着太阳的梦回来了。
你还是你,我还是我。
爱,爱你。我想那是一个痴缠的天堂。
虔诚的人在布达拉宫中转动经筒。
六字真言、红墙、哈达在蔚蓝的天空中飞扬——
我想,不是恋人已是恋人!

拉萨,我回来了。
怀着诗意的种子回来了。

你还是你,我还是我。
爱,爱你。我想那是一颗绿意的种子。
田间地头在雪域高原每个太阳升起的地方——
我想,不是收获已是收获!

拉萨,我回来了。
带着爱你的心回来了。
你还是你,我还是我。
爱,爱你。我想那是一首永恒的曲子。
你我在每一天　每一天蓝色的国度里——
我想,不是家乡已是家乡!

第四辑　黑夜河流

西藏，蓝色的隐喻

半夜醒来

我把你放在酒瓶盖里
独自下山找寻前世的样子
走到光秃秃的山下
发现
人群、车辆、怪兽、太阳、金色的火种，还有石头
转身　搬走一块天石直接砸在酒瓶盖上
结果　碎了
你没哭，我哭了

教 我

拉萨，天上的蓝是梦之蓝
蓝得让人心醉也心碎
你说，我本叫蒋秋拉姆
我笑了，在秋天的叶子里笑了
微风吹动了我的发
教我，教我，续写前世今世的故事
教我，教我，描摹拉萨昨天今天的史诗
月光恋爱着雪山
雪山仰望着月光
教我，教我，倒影中的你我是一杯鸡尾酒
教我，教我，枯叶野火不是暮色的艺术

西藏，蓝色的隐喻

太阳语

1

静静地一个人
突然，一只飞鸟说"我爱你"
连同三个太阳的笑脸
小草，听了，笑
只是雪葬了声音，雪葬了回响
亲，打开心灵的窗户，邀约文字的天堂
让我告诉你，我是把每一天当成最后一天来活
爱你，就要告诉你，从不奢求一丝回报——
唯独要你记得"我爱你"

2

拉萨的冬天很冷
冷得我只想钻进文字的世界
寻找冬天的童话

不再纠缠杨树、柳树、槐树的根茎的去向
唯愿你说的"我爱你"有着你的名字
我的声音连接着同一个梦
不求结果，只求你想起我时
如太阳花般绚丽

3

花花草草
年年岁岁
白天黑夜
一次次死过　生过
生命仍在继续
地平线在延长
如果非要说"我爱你"
那就让蓝天听到
让白云听到
让我们都听到

倒 影

拉萨冬天的晚上本就冷
起风了,更冷,冷得叶子
也在飞
我还活在这个世界上
一直带着自己的心
哟!哟!心哟!自己的心
黑夜中的叶子在飘飞
我好想问,公主,我心中的公主
你的国度里
国度里这漫长的黑夜里
到底要菠萝多
还是般若波罗蜜多

魔镜魔镜告诉我
王子公主到底要什么
哦!哦!背面　正面!
月光的倒影中
长出了一根根长长的白发

没有别的选择
在我失去你的地方
将会有另一个人收获
你我的头顶是风
风上是闪烁的星群
唯愿你们未来遇见更好的自己
和更好的他

第四辑 黑夜河流

分 出

记得五年前的今天
来到了童话世界
住进了城堡
不是不可以走出去
是自己甘愿坚守
这座城堡
寸步不离
没有了吃的、喝的
只剩一口气时
窗外飞来了一只小鸟
我没有把它装进笼子
却总会飞回来
停在我的头顶上　指尖上
我笑了，带着眼泪笑了
亦如，我爱你
不是不需要守候
不是不好好活
只是不想分出　狗吃青草
羊啃骨头的味道

真实的雪山

雪山上的雪化了
泥土里的种子眨眼了
手机里你的号码响了
心里的话不用说了
听听　笑笑　眨眨眼
我明白　你明白
雪山上的故事
从来都不是传说
在岁月的长河中
与天　与地　与人
进行开始　抑或结束
手心里的钥匙在转动
梦回布达拉的声音
在响起
你说　我听
我说　你听
圣地之城
从来　从来

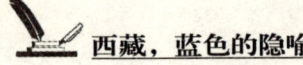
西藏,蓝色的隐喻

就是阳光之城
不信　问问蓝天
问问　飞翔的鸟儿
问问　转身时的影子
注定　注定
真实的雪山
从来　从来
不只是回忆
而是经历。

原 来

写给因文字缘来网络相遇的朋友。感谢你们一直以来的关注、关心,感激你们

一艘船,一个人。
一个梦,一颗心。
来到了山林原野。眺望、休憩、种植。
钻进了阳光缝隙里。小鹿、蝴蝶、岁月。
从此,停在了高山绿水间。
醉了,醉了。陌上千禾的城池。

东边的太阳在升,南边的风在吹。
西边的雪在纷飞,北边的情在续。
拨弄琴弦,穿越唐代女儿的国度。
看花是花——
而不是看花以为是蝴蝶。
我笑了,合着布达拉宫之上的蓝天一起笑了。
我笑了,合着大昭寺前虔诚的信徒一起笑了。
原来——
有一种结缘,因共同的梦而久长。

想一个人

1

矇上眼
站在最高处
摘一枚叶
想一个人
好远好远
远得
我不敢睁开眼

2

灵魂注视着我的心跳
黑夜的黑透过黑色
让我看到了满天星星
会打滚，会捉迷藏
还会唱昨天的歌

只是今天已不流行

3

原本
我是去见活佛
却在途中遇见你
一杯青稞醉了白云雪莲
从此
一片蔚蓝
不分彼此

第四辑 黑夜河流

长江边上的白玉兰

路过,江边
想起,想起
想考考你我国第一条大河?
途中,老人、小孩笑笑
长江,黄河
黄河,长江……
我笑了,路边的玉兰花笑了
妈,妈……
是长江吗?

路过,江边
想起,想起
想问问你到底喜欢什么天?
风中,花儿、草儿笑笑
春天,冬天
冬天,春天
我笑了,江边的渔民也笑了
妈,妈……

是春天吗？
望望天，指指江
顺手摘了一枝白玉兰
孩子，你看，你听……
"我们赞美长江，你有母亲的情怀……"
孩子，你看，你听
"春天在哪里呀春天在哪里
春天在那小朋友的眼睛里……"

第四辑　黑夜河流

西藏，蓝色的隐喻

我与花语

进西藏，已经17载了
回趟家乡，又回到拉萨
依然有着高原反应

昨夜，我搬来了
夜来香　虎皮兰
和很多不知名的花草
只为释放更多的氧气

头依然昏，嘴依然干
呼吸依然困难……
满地的灰尘连着黑夜
却笑了，开心地笑了

原来是红景天，是花草
在悄悄地向我打招呼
我真想轻轻地送去一个吻
或者，浅浅地咬她一小口

但我又怕，乱了彼此芳心
只为和谐相处，花们与人
我们都忍上一忍

第四辑 黑夜河流

西藏,蓝色的隐喻

拉萨下雨了

今天,拉萨下雨了
于你,或许很平常
于我,却很珍贵
因为那是,久别一年
春的讯号

荒山、人群、柳树
都笑了
而我望着窗外的雨滴
却哭了
因为远方　远方
他说,你感动了天地

年年,岁岁
来来,去去
你在那
我在这
奈何
奈何

不该怀有月亮

第一次,最后一次
就是一次——
让我分不清前世今生
就已经眼看一枚月亮掉入水中!

一次也是经过
只是经是经
过是过
来不及分辨白天黑夜的纤影
就已被宝瓶收走

一次呀!唯一一次
让我如何换算人生的结点?
生与死?对与错?
你说,不要说错
那是无法认证的词汇
要么来得太早
要么来得太晚

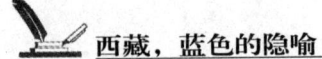 西藏,蓝色的隐喻

季节的错乱
人生的成败
何以论第一次
最后一次

所有的所有
都源于你肚子里
不该怀有月亮……

《莲的心事》在风中

冲破缺氧的高原的气息
不顾牦牛的践踏和锄草的镰刀
长长短短　我就这样子倒在了
夏天的石碑里

花依然在笑，只是笑得模糊了些
枝与花　花与枝　躺在石碑里
想象　梦幻的故事
可大昭寺不干　铜镜里印出来
是屠户　一只屠户的手
屠户的手
猛然我在大众面前哭了
却没有一个人会说那是眼泪
带着血的武器和魔鬼的心
在屠户面前不过是一场
可笑的闹剧和每个毛孔里黑色

夏天的风依然在吹

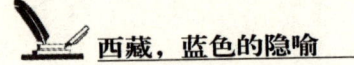 **西藏,蓝色的隐喻**

冬天的雪在高山顶上仍未化
石头就是石头,不会变软。包括他的
心脏,不过是个假肢……

电话响了,传来了
《莲的心事》在风中

蓝天上

1

父亲,我想说,你是西藏的蓝天
不是为了歌颂你是我的父亲
而是想告诉世人　你就是蓝天
无关你有没有文化,有没有在我身边
坐上太阳的翅膀,亲吻高原的云朵
剪一段时光,泡一壶老酒,温一段情长
一朵格桑花开的美丽无不透着四季芳香
一个父亲的声音
春天,面对蓝天下的布达拉宫,让我知道了什么叫神圣。
夏天,面对蓝天下的大昭寺,让我知道了什么叫信仰。
秋天,面对蓝天下的岗仁波齐峰,让我知道了什么叫天
　　堂。
冬天,面对蓝天下的珠穆朗玛,让我知道了什么叫仰望。
年年岁岁,岁岁年年,我已在西藏的土地上走过
第十七年头,不为抒写蓝天,只为感谢父亲

西藏，蓝色的隐喻

没有你，我不知道西藏的天如此蓝
没有你，我不知道，你就是西藏的蓝天

2

父亲，我想说，你是西藏的蓝天
不是为了赞美你是我的父亲
而是想告诉世界　你就是蓝天
无关你有没有来过西藏，有没有在我身边
穿过彩虹，骑着骏马，梳着辫子，吃着糌粑，唱着《回
　　到拉萨》
跳一曲锅庄，拉起长长短短的时光线
一种信仰的声音无不写着前生今世
一个父亲的伟大
昨天，面对蓝天下叫过去，让我知道了还有一个词叫经
　　历。
今天，面对蓝天下叫现在，让我知道了还有一个词叫当
　　下。
明天，面对蓝天下叫明日，让我知道了还有一个词叫未
　　来。
过去现在未来，来来往往，我已把西藏当成了我的故乡
说着扎西德勒，不为歌唱蓝天，只为感恩父亲
没有你，我不知道，西藏的蓝天更像海
没有你，我不知道，我该有一颗博大的心

我的父亲

父亲是名孤儿,在小时候总盼黎明
黎明,最终他盼来了解放军
从此以后,
父亲当了一名军人

那是父亲最初的理想
后来,理想的羽毛逐渐丰满
一些勤劳和一些担当
父亲有了一个家庭
后来,父亲就变成了我和妹妹的
保护伞,我们被呵护着成长
理想如清澈的水在浇灌

父亲没有文化,可他有信念
那些长了翅膀的理想
就是在信念中越来越向前进
因为勤劳肯干
我和妹妹都和他心心相印

西藏，蓝色的隐喻

父亲，在他的脸上总是有笑意
总是有那些，使不完的劲
在生活中，他总是谦虚地说
自己没有文化，可是心
却朝着有文化的方向诉衷情
包括一草一木，都有心
就这样，我们拥有着自己的父亲

有一天，父亲哭了
父亲从来不哭，他就因为小女儿去世
父亲哭得比任何人都伤心
一个家缺了一个人
爸爸的女儿，我的妹妹
在失去亲人的日子里
父亲，继续担当

我想，我是爱上你了
——写在鲁迅文学院第五届西南六省（市、区）青年作家培训班结业之际

我想，我是爱上你了
不然，绝不会误把月光当阳光
再回到那个亭子
想起那夜，打捞那颗掉进水里的星星

我想，我是爱上你了
不然，我不会越过岁月的高原来到文字的盆地
同一些四月发芽的种子
在墨色的土地里深呼吸

我想，我是爱上你了
不然，我不会看了所谓的病
治了所谓的痛
缘了所谓的梦
在陌上千禾的红豆上留下一滴红尘

西藏，蓝色的隐喻

分　别

两个人
把两小时的飞机
分隔在
两千公里之外

一个在西，淌眼泪
一滴一滴地算距离

一个在南，说笑话
一秒一秒地算笑声

没有醉倒的月亮

1

听你的个人介绍，让我想起了一个故人
听你的声音，让我想起了又一个故人
再走近你，其实你就是你，不是别人
只是，掉进小溪里的月光调皮了点
再次，跳进了我的心里
默念　倒数
昨天　今天

2

一路走，一路停
故乡的天空与西藏的天空深浅不一
飞走的蝴蝶也不时还原了乡音
就这样　就这样
凝视　笑　笑

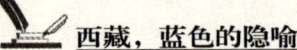 西藏，蓝色的隐喻

笑　笑　凝视

3

五月的夜晚，易起风
我们，逃进了月光下的小河里
早忘记了，我们不会游泳
他，或者他们都会说
你们是在玩游戏
呵，瞧　瞧
会照相的手机都笑了

4

我知道
你知道
长江边的白玉兰神秘的笑
从来不只为掉进深水池的倩影
还有你，我，他　他们的
昨天　今天　明天

5

借一束星光
撒一种野
就这样灌醉了

我们，却没有醉倒月亮
从此
世界上多了一种爱
名字叫我们都会好好的

第四辑 黑夜河流

布达拉宫上空的月亮

今夜,布达拉宫的月光如水
如盘,如少女的冰心

朝圣的梵音
洗涤着天籁的寂寞
手机努力地想记住你
十六的样子
在树下　在房屋　在大地
在雪山
……
可是　无论我怎么努力
也还原不了你真实的倩影
无论我站在哪个地方
手机里出现的不是月光
而是灯光
就像我　此刻
在离你几千公里之外
想你　念你

发现　你　不但身体不在
心也不知道去哪了

在圣城
我丢了你
可我不想再丢失这颗心

第四辑　黑夜河流

西藏,蓝色的隐喻

世界屋脊的小花

在高原　在夏天
满地盛开着无名小花
紫的、粉的、黄的都有
踩过她们的身
伤过她们的心
回头　发现
小小的绿骨头
伸伸腰
对着我,不停地笑
笑得我,泪水涟涟
不要说
那是诗人多愁善感
要说就说
那是世界屋脊的小花
那是生命
小归小,无处不在
在高原　在每个角落

我想给马喂个苹果

外面下着雨
蜗牛在爬行
即使我什么都不想做
但是我还是会给马喂个苹果
在沙漠上

沙漠里只能和影子对话
而我现在可以在布达拉宫前
和一切对话
包括头顶上空的雄鹰
和脚下的蚯蚓
不是我任性要给马喂苹果
只为沙漠上的马儿，马儿啊
它不但不丢弃我
还救我

六月天

你的成就,我的快乐
都是我们的幸福。对于六月的南方还是西方
想起,就是美好
在湖面捞月亮,那是传奇不是传说。
但高原的绿,很少很少,少到呼吸间的明白。
从平原回来,我们变成了两只蝴蝶,还是两朵花
风在吹,水在流,只有明年明年明年……
才知道答案。

赤脚行走的高原诗人

1

七月七日
小暑遇到了北京—拉萨
胡同读诗与雪域读诗连线活动
让我带着翅膀飞跃到了地球村的
一角
吟诗　欢笑

2

穿着旗袍　高跟鞋
携带着西藏的绿色
点燃拉萨
满地油菜花的芳香
还有那可爱的狗儿
在油菜花丛里嬉戏

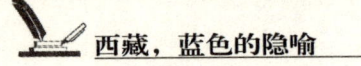 西藏，蓝色的隐喻

这就是七月拉萨

3

台上
美丽的高跟鞋
绚出了诗人的笑颜
台下
可笑的高跟鞋
亮出了诗人的赤脚

4

一个孩子
在文成公主实景剧里玩耍
艺人们在上演
最后我们看到了孩子带上
自己五根手指
克隆他六岁的印迹在纸上
我笑了，是带着脱去的高跟鞋
赤脚走在高原的影子
笑了

5

诗和远方　到底是什么？

回望，回忆
向往，向前……
月光下的背影道出——
诗——诗——
是生命每个现在进行时
远方就是生命的梦想
诗和远方就是，此刻
我抛弃了城市的高跟鞋
去田野
去草原
去牧场
去青稞地里——
写下属于自己的明天和
明天的孩子

第四辑 黑夜河流

走进第五季

忘记了是夜的结束
还是白天的开始
就让那个梦
永远不要醒来

就像爱没有始终
爱上一个人便无可救药
夏天不再像夏天
冬天不再像冬天
或许只有雪山顶上的太阳
才知道这场游戏的规则

家里的那匹马
不在意我喂的苹果
是什么味道
依然我行我素
那条喜欢嚼泡泡糖的
小狗

整天窃窃私语
挑剔地看着
我与我的爱情

床榻上
一次次地辗转
让思念缠满那娇弱的身躯
而那双眼眸里却没有
一个人影

难道就这样在夜与昼的
夹缝中
无望地挣扎吗
难道就这样在爱与爱情的
纠结中
懵懂地呐喊吗

风悄悄挤进床头
阳光磕磕绊绊地
在窗前犹豫
我的季节
已经走进第五季
等待那场义无反顾的
决绝

第四辑 黑夜河流

西藏，蓝色的隐喻

不是我心如石头

睡了 24 小时
动弹不得
就像爱上一个人
一下变老了
不像夏天
不像冬天
只有雪山顶上的太阳
才知道这到底怎么了

我现在不想给马喂苹果了
想给狗喂个泡泡糖
因为我受不了，一动
它就不停地叫
所以泡泡糖是狗
最好的解药……

好可怕，病、苦、痛……
在心里都没可以想念的人

如果有,也只剩下梦和责任

我难道是为庙而生的人
还是只为宿命而生的人

我很难去爱一个人
不是我心如石头
而是我的爱
如
磐石……

第四辑 黑夜河流

雨季里的谜

今生今世,他是个谜
闯进丛林,每处投进来的光芒都是我的深爱
如同你我在一千年以前,在圣地
为我们留下的一枚红印章
只为再续今世的传奇
这样的爱情,说出来没人信
只是我们,也只有我们信了

丘比特穿过珠穆朗玛峰
潘多拉见到格桑花开
即使今生我没变成公主
你也没化身小金鱼
路过丛林,我们
隐隐记得什么
再遇　再遇
在雨季

传说因为有你

站在世界屋脊的每个地方
心中装满了绿意
因为这是夏天
我要和你　连线

想听到你心跳的空间　回荡
屏面依然是我设置的虔诚
那种叩拜　是希望　正在催生
信仰

你是来渡我的人和绿色港湾
一闭眼的工夫总让我越过四季
你是绿意的城池
驻扎了绿色的精灵
我戴着帽子，梳着辫子
仰天而笑
像一只蝴蝶，飞来飞去
只因有你　只因有你

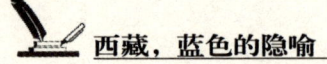 **西藏，蓝色的隐喻**

转身一个凝视
就把春夏秋冬给了这一天
屏住呼吸　睁开眼　踏着歌
来吧　来吧　来西藏

我的心在一朵沙漠玫瑰之上

八月
你在世界的那一边
我在世界的这一角
故乡啊——
中秋思索的词典
两地之间
一边是给予我生命的河流信号
一边是给予我人间天堂的符号
借一杯蓝色的光
摘一朵粉色的花
制一个圆圆的饼
喝一口思乡的酒
寄一封长长的信
写一首诗意的秋
我想说,想说——
八月
我的心,我的心　无论在哪
在哪　都在
在一朵沙漠玫瑰之上

自然成形

我想说,我就是一只蚂蚁
即使飞过蓝天,跨过海洋,爬过雪山
但我还是想说,我就是一只蚂蚁
贴在太阳下的倒影
不过是一个标签
人呀　活着　死去
就是放在方格里子的一出戏
不信你到外星球上再看地球
夏天的风,不叫冷,应该叫爽。
善良的心,不用问,应该是美。
病中的人,不该哭,应该叫省。
看过水里柳树的倒影
找过迷宫星星的位置
知道普雅花历史的人
就该知道
文学　哲学　历史的关系
天黑了,关门了
我还想说点什么

可是舌头被菩提果黏住了
坏人与假好人的样子
自然成形……

第四辑 黑夜河流

春天，心的旋律

采摘一捧捧鲜花
放在地球一角
我笑了，也哭了。
一个多年活在梦幻的人
一下穿越了当代的世界
像个初生的婴儿
突然道出了命
雪国和季节

看布达拉宫的夜空
想自己的童年
最星光灿烂的
是我美好地认识你
大路朝天会有分叉
迷漫着一方土地
呵，我不想管，
拥抱自然
拥抱你

拥抱一切
这里我们相恋
我的雪国
我的爱人

悠长的晚钟
总敲敲打打
旅途上一对神鹰正在痴恋
我想，那些正是江山与美人
那些诗意一样的庄园
填满了古今多少往事
而你　才是春天的主角
谱写了一曲　寂静　欢喜
来自西藏的格桑花开
在圣地
在拉萨
在我的心上……

西藏,蓝色的隐喻

红白明点

我醒着做了一个梦
死海也变成了花园
不是我不曾去追梦
只是漫天白鸽最懂
夜里的眼神在秋天
唯独剩下一颗
跳动的心脏

月缺月圆是自然的音符
聚散离别是前世今生的果
故乡亲人是心中的月亮
扎西德勒不管是在西藏
还是在故乡
只要你是真挚的祝愿
天上水里的月亮
都会笑

哦,中秋,中秋

离开故乡 17 载
走过长长的渠江二桥
仿佛一眼看到了
任小春编著的《渠县的桥》
长长短短 99 座
一直都在那里
都在那里　盼望
盼望
离开家乡的人

白天，太阳依然挂在宕渠的上空
夜晚，月亮依然挂在宕渠人的心上
人啊！故乡的人啊！远方的人啊！
只要你心如明镜
太阳月亮终将
汇成一条线
影射出　红白明点

注：时轮金刚教法，白明点代表方便，红明点代表智慧。

第四辑　黑夜河流

西藏,蓝色的隐喻

放生记

孩子三岁那年和一个小女孩
在尼洋河畔,给小石头洗澡
又嚷着要去抓小鱼小虾　装进瓶里
做成萤火虫儿一样的灯笼
挂在屋中央　闪烁　欣喜　跳跃

第二天,清晨
醒来,三尾小鱼变一尾
孩子,向我求救,惆怅。
最后,儿子带着小鱼
去找了"妈妈"……

后来,孩子
放走了蚂蚁,放走了乌龟,放走了鹦鹉……
今年又让我陪他放走了螃蟹
嘴里还说了句,要不云要掉下来

病中的我,看着螃蟹

在河中远离的身影。思考，多愁。
孩子，望着我开心地笑。幸福，暖心。
河边，又一曲诗词跳入了心间。
感恩，感动。
病能治病，因为诗；
命能生命，因为爱。

西藏，蓝色的隐喻

五百年后的秋歌

桂花开的地方
秋香姐，向你眨眼
蓝色的风吹过高原
飘进秋意的原野
知否，知否？

寻找，寻找
我的王子，我的王子

拉姆拉措的湖水，蓝
蓝，蓝，蓝得照进前世的
玫瑰，漂进海洋。透明，纯粹。
我　站在雪山顶上，注视
我的王冠，我的宝石
远方，只有你才懂的词汇
绚烂了一个秋天

寻找，寻找

我的公主,我的公主

布达拉宫墙上的秘语,藏着
人　马　牛　羊　花　草,寻觅痕迹
过去,未来。无不刻着莲的心事
圣城,圣城！500 年后
你　我　因一曲秋歌,找回
千万双飞翔的翅膀。

奇怪的心

明明这一刻很高兴,突然却掉了泪
走在夕阳下的桥上,尽觉空了
这里　不是西藏,十里不同天
这心情,这天色,这灰色的鸽子
这长长的路

是问,何为心性?
天上的候鸟啊!带着我飞吧
飞到月亮上,请智慧的莲花仙子
帮我打开
那年那月那日的温度计　看看
到底是什么,造就了奇怪的心

走过賨人谷，一线天

有缘千里来相会
一个微笑，一点星光
点亮了龙洞整个秋天
賨人谷里的枯蝶
复活　成了彩蝶

但在我梦中出现
谷里剩下了石头
灵动的水仙子　隐身
预备给娃娃鱼的礼物
神仙姐姐请进了宝瓶

你说，我说
秋来秋去秋天是童话
你说，我说
秋天是——
你我，情深缘浅的一地金色

西藏，蓝色的隐喻

上帝种子

这样的夜晚
雨连着秋　秋挂着泪
毒蝎钻进了一个男人的嘴里
感应　闪光　神秘的白发魔女
让生命　再见了光

水　种子　种子　水
瞬间　吃到了又香又脆的苹果
大部分笑了　没经历阳光雨露的神果
一个人哭了　太发达的果名叫双刃剑

谁不爱　上帝的种子
谁不爱　自己的祖国
谁不爱　我们的地球

爱你，真的爱你，上帝种子。
不是不想　让你存在　我们的世界
而是你本就不该出现——
因为爱得没有原则，终将毁灭。

这一天

泪

我还可以哭
证明我还有感知和思想
我还可以诉说
证明我还有向往和追求
我还可以拒绝
证明我还有原则和方向
你发来的心灵禅语,我可以回答——
"人间给我的唯一好处,便是有时候可以自由痛哭。"

黑蝴蝶

黑夜中的黑蝴蝶像密探
无边无际地在夜里穿行
撞伤了一池莲花
清洗了一个灵魂

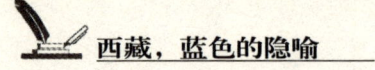

感应

如果和你相遇是磁场过强的结果
那么我和你的爱就是地球的引力
自然这座殿——
可以属于白天
也可以属于黑夜

渠江河之夜

凌晨,跑到河边
没有看到人,只有风和黑

飞向春天的圆舞曲

牵着弟弟的手
走向圣地
仿佛在布达拉宫广场
跳蓝色多瑙河圆舞曲

伴奏用的那根和弦
在我和弟弟头顶上
乌云　开了花　亮了光
高原上　冬天的声音很纯粹
因为雪，我们包容。
因为爱，我们慈悲。
因为信仰，我们虔诚。

未来有多远，像脚下的路
来不及奔跑，来不及感谢阳光
那就对自己说
感恩生命中的每一天

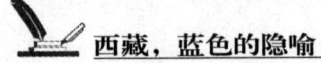 西藏，蓝色的隐喻

让自己成为自己的偶像
要跳就跳
让我们飞向春天

月光之上的微笑

初冬，地上还有残留晚秋的金色。
我把睫毛上冻结的冰粒，串成了水晶项链。
挂在脖子上，然后把微笑和爱给了雪国的冬天和灵魂。
我想对你说："我爱你。"可南方的冬天，他会信吗？
毕竟南方的冬天脚步总是那么缓慢，天还灼热着呢！哪能在雪国的世界表达。
我哭了，我哭那一地白色；
我哭了，我哭那一群群牛羊；
我哭了，我哭那一地白色下面的土地。
抬头看到蔚蓝色的天空，低头看见老人孩子跪拜的样子，我笑了，连着西藏天地一起笑了。
因为懂得，所以等待；
因为明白，所以善待；
因为爱，会深思彼此的含义？
月光之上的微笑挂在了南北不一样的冬天，更把两个天各一方人和心带到了月光里。
多远多远都不远，因为心在一起。
多苦多苦都不苦，因为爱是懂得，更是牺牲。

西藏,蓝色的隐喻

洛带,初见与再见

洛带,初见
成都的一个古镇
买一个花环,吃一碗伤心凉粉
照一张相 走一段路
代表 我来过

洛带,再见
你的名字叫亲山亲水凝乡愁
亲一下"最后的客家的王国"
游一下乡场会馆建筑群
赏一下文旅博览园
爬一下金龙长城
吃一个天鹅蛋
谈一场恋爱
就不是传说

洛带,落带
无法打捞你井里的带子

但却打开了我的心灵
来来去去 走走停停
不因你是洛带
只为你一页客家文化，
变成了生命

第四辑 黑夜河流

西藏,蓝色的隐喻

蓝天之上传来的哭泣

此刻　我不在西藏
而我　看见了西藏
还有我们　昨天　今天
如果,明天我将死去
是该叫上帝　还是佛祖
原谅我,此生我从来不骗人
而我却活生生骗了自己
这一世　我的眼睛和心
不为什么　只为唤醒你再爱人的心
不求什么　只求梦里的花叫着奇迹

我站在世界的尽头
不是在讲童话故事
是在告诉你树荫下的透过的阳光
傻人不叫傻　疯子不叫疯子
还有这个社会很多人很多人
无法承受的美和爱
我爱你只是为了爱你　绝非因自己才爱你

遥望黑夜那颗最闪亮的星　会是我一生的骄傲
当然 还会是我永远写不了的那篇文《欲说还休》

落叶淌光飘散　雪深深葬过　你的声音还在
而我已无力再证明映在心间伟大的奇迹
但我从来都不后悔　不是每个人都可以历经一场
坚守过一场柏拉图式《我心永恒》的爱恋。

西藏，蓝色的隐喻

南迦巴瓦

我家住在喜马拉雅的东南边
一道道的彩虹洒满林海鲁朗
小村旁的牛羊，在山坡上撒欢
多彩的哈达，牵起少女最动情的恋想
南迦巴瓦，南迦巴瓦
守护鲁朗的女神啊
为何不肯告诉我这一千年
一千年你就在我的身旁

我家住在喜马拉雅的东南边
戴上帽子梳着辫子信马由缰
穿过今生来世，只为与你相见
绿树多葱茏，蝶儿在花中飞舞的时光
南迦巴瓦，南迦巴瓦
守护鲁朗的女神啊
为何不肯告诉我这一千年
一千年你就在我的心上

天使的翅膀

走过　雪域高原
一个名字从别人嘴里
同时跳入了我们耳朵
我不认识你
你也不认识我
却让一尾蓝色的鱼
和一朵格桑花定了格
谁信呢？连着群山和纳木错
都笑了

你说你爱我　我说我爱你
一个在天上　一个在水里
你说你爱我　我说我爱你
一个在说　一个在做
你说你爱我　我说我爱你
一个在笑　一个在哭
你说你爱我　我说我爱你
一个在沉默　一个在学沉默

西藏,蓝色的隐喻

天使的翅膀飞向天际　隐形着
白雪公主的故事 还在继续
森林里的小百灵
雨季里的谜
高山上的情歌
一个声音在问
后来　后来?

前生今世　心心念念
来来去去　分分合合
爱你　爱我
爱我　爱你
爬过雪山　越过海洋
生生死死　花开花落
连着时间变成了白色
连着岁月变成了最初
这一次 是我们笑了
而这个笑　只有我们知道
无关雾霾 无关高原

如此无休

这是我最美的笑
是刚刚手机与手机
一分一秒里的无形舞蹈
我想　我醉了
我的心灵成就了两颗星星
唯有雪夜、小鱼缸会知道

我抱着小鱼缸，在世界上
我还是童话里最美的公主
闪亮　纯洁　如颗颗水晶
在心上，透明，纯粹。
我还想有人给我讲故事
却分明说的我们自己　如此无休
开心的眼泪，悲伤的笑容
写着一个男孩　一个女孩
互换了前世的灵魂
才有了那句　那个谁
我们 我们似曾相识的话

西藏，蓝色的隐喻

星星　月亮　太阳
何以言她的美　睫毛弯弯
岁月长长　时空远远
却盛开着最红的玫瑰

第三个人传出的声音　温暖
才知 世间有种默然　相爱
感动到即使工作再忙
千里万里也要如一里

拉萨没有雾霾

拉萨 没有雾霾
布达拉宫在星夜也透着明亮
而你和我
不知道是流星是恒星
躲在广场的格桑花
不分季节地
笑了　连着蓝天

白雪残埋了四季的五颜六色
而人生、恋爱、色彩
被一支笔收割了
纵然我有千言万言
也只能说 拉萨圣地
唯有你来过 才知道
这里除了美 还是美

拉萨，夜空中你是最闪亮的星
拉萨，黎明中你是最闪烁的光

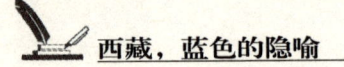 **西藏,蓝色的隐喻**

拉萨,圣地　阳光　蓝天　白云
我该怎么去诉说 这样的冬季
翻开书页
偷望你
或近或远的身影
眼里心里仿佛看见了
松赞干布与文成公主
刚从雪地走过……

奢侈品

雨季想《雨巷》里的雨
突然掉下一块石头
顽固　冷漠
不为落地
只为以布达拉宫名义
收藏

秋季看《秋天的童话》
抱着捡到的石头
来到了湖边
不为炫耀
只为那些垒起玛尼堆里
真言

冬季听《大约在冬季》
如此　如醉
感动　珠穆朗玛
不为雪的国度

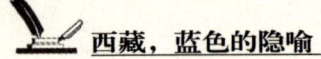 西藏，蓝色的隐喻

只为雪域高原上有你
气息

春季读《虞美人·春花秋月何时了》
愁思　凄凉
惆怅　转经的人儿
不为去往天堂的路上
只为寻人间那一丝丝气息

我爱　你说
你说　我爱
爱情　情爱
是一件奢侈品

漂 流

我的爱情就像一个包裹
拆开的顺序——
雨巷
秋天的童话
大约在冬季
虞美人·春花秋月何时了
日月星辰的泡泡
春花秋月的气息
枯草白雪的印痕
铁观音与玫瑰花的结晶

走过　四季
站在时空的中央窥望
蓝天　白云
幻化与空灵的标志
天真与现实的传说

海浪的声音

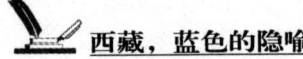 西藏,蓝色的隐喻

高原的身形
我从不去诉说
美好的岁月
无关景象与时空

我唯一的爱情
总在梦里穿梭
随那一艘舰艇
驶向没有归航的水上
漂流

打开地图

仍在原地
黑色蚂蚁成群结队奔走
你滴落了一滴泪
我却丢了一颗心

这里
仍是这里
偷窥的啄木鸟总会在此停歇

雪冰封了整个圣地
打开地图
你就从未跳出过我眼里

一个谜

我攀爬在树丫快断的枝头
不为采摘玫瑰
只为给您添朵格桑花

蒲公英散落了一地
怜　叹
命已失
魂已断

如果来世被风吹醒
所有的谜底
定会深深地印在我的酒窝里

一个不经意的回眸

大海　船舶
眼神　背影
深深镌刻在我心
您说是巧缘
还是梦呓

遥望
相守
我们笑了
眼角却有泪
千年前你在我身边
我们却不言不语
而今
一个不经意的回眸
人远了　心近了……

西藏，蓝色的隐喻

我 有

1

我有一粒种子
把它种在地里
像魔术般的幻化
五颜六色的衣裳
然后又会被浅色的泥土
卷入心里
像是一个传说
却不是传奇

我有一颗钻石
把它装进在盒子
像是玻璃的愿望
写下明天
填入表格
却不是童话

更不是城堡

2

你来
我在那里
你走
我也在那里
白天有白天的世界
晚上有晚上的世界
你有你的方向
我有我的追求
……

第四辑 黑夜河流

西藏,蓝色的隐喻

酒醉后的样子

瞧
从一面镜子里
掉下来了瓜果
不是我站斜了
是镜子变了形
再也映不出
抱在手心的瓷娃娃

来
把手放在心上
挡住低俗的欲图
听听夏天青蛙的鸣叫
看看林芝的绿意
想想　期待
找回你我的最初

走
从雪域的高山

走向大海
绝不会是路程的问题
而是冬季的太阳
化不了夏季的残雪

第四辑　黑夜河流

西藏，蓝色的隐喻

丢在了雨里

水中镜
不见雨水
不是斜了影
只是穿了心
才叫今生
变了形

路边的花儿
不是谁都能
发现你的绽放

牛羊脖子上的铃铛
响不断　耳朵会听见
只是眼睛从此失了明

一段旅程
一个故事
一首诗

把两个人的梦
丢在了雨里
……

第四辑　黑夜河流

西藏，蓝色的隐喻

扣着的碗在发光

冬天的白雪
我不说什么
也是首美丽的诗。

拉萨另一个名字叫日光城
趁着阳光　把我们　牛羊
都放进去　没有边界　没有分别心
晒晒　抱抱　亲亲
尽管我是那个
又怕冷又怕热的人

站在布达拉宫脚下
仰望　思索
看虔诚的人　叩拜
想你　想一群陌生人
想季节的寒冷
沉默　微笑

好想问，我们的明天去哪？
出租车和私家车都在眼前晃
飞在头顶上的神鹰撞击了我
佛堂前扣着的碗在发光　发光
打开　打开
空空如也
空空如也

一个声音在说
都怪扣着的碗发光
一个声音在说
都怪打开的碗的手
人啊　为何一有事
就怪这怪那
朋友啊　有些东西注定
美就是美　丑就是丑
错就是错　无关引诱
非要问为什么吗，我也说不清

西藏,蓝色的隐喻

绿叶依旧在

落叶会变成雪花
雪花会变成春天
春天会变成绿叶
绿叶依旧在
这棵树上

我想玩跳房子的游戏
发达的年代已无人陪
美丽的小花猫在乱叫
冬天来了春天还远吗

人们常说:愿天下有情人终成眷属
而我想说:愿天下的眷属都是有情人

一个人面对太阳,膜拜

拉萨,冬天
坐在室内,也能暖阳满身
或坐　或躺床上
透过窗子　看蓝天
想枯树上飞舞的小鸟
听鸟儿们　发出的音符
如何重新编排冬天

窗里窗外　冬去春来
写写画画　走走停停
想梵高画的《播种者》
想无数部艺术作品
一个声音却说
我所有著作　都是我一手杜撰
目的三个字　"逗你笑"

这里是拉萨　黄昏时间是六点半
太阳依然明媚　而我还是我

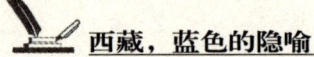 **西藏,蓝色的隐喻**

你还是你　睁眼　闭眼
阳光暖暖　我虽然笑了
但是我更想　一个人
面对大昭寺
面对太阳
膜拜

将我的心跳寄给你

拉萨的冬天遍布每一个角落
我坐在室内,打开太阳

满窗格子的蓝天
枯树上沾满雪花的小鸟
把音符弹奏得七零八落
雪花只是天籁般的曲子
从天而降

一窗青山,还没老去
我依旧在梵高的画中
行走　遥望　期待
想冬天的雪域仅仅是
我的一部作品
是我亲手撰写的童话

拉萨　指向黄昏
太阳还在,中国还在

西藏,蓝色的隐喻

我们共同的北京标准时间依旧
我在我的蓝天 你在你的海洋
不偏心地让我们同在
一个世界呼吸

抬头,低头 。一个人面对太阳
我都将大昭寺的钟声,传递给你
就像将我的心跳
寄给你

去文成公主大型实景剧场前散步

悦耳的佛音
轻轻掠过我们的心上
太阳的钥匙　正在
开启每个最新最新的一天
爱的信仰　爱的虔诚
那是西藏最美最美的天籁
一直 一直在传唱

冬天，去文成公主实景剧场前散步
牵着爱人的手　你会活生生眼见
文成公主摔碎日月宝镜的模样
再现天地梵音　站拉萨城之上
看黑夜夜之外　一对高原之神
降在布达拉宫　不愿离开　不愿离开
千年的王子公主　人间最美的眷恋
爱或不爱　见或不见
一下跳进了　一只黑黑的眼睛里
一颗亮亮的承诺里　嘴里默念

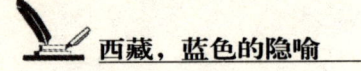 西藏，蓝色的隐喻

　　今夜　今夜
　　我还你整座城
　　你还我整个人

2017 年，没回家过年

2017 年
没回家过年
想　黑夜的黑
听　耳旁的风
看　春节的雪
叹　满地的黄
……

失眠　多梦　忧伤
太阳高高挂在蓝天
乌云一团在我头顶

一个人行走在拉萨河边
光秃秃的山和嬉戏的野鸭倒影中
冒出一位扎着小辫的姑娘
说　愿岁月多情　有爱情不老
能有爱的人　陪她
去布达拉宫广场看星星　死也值
我笑了

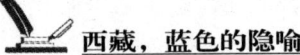 西藏，蓝色的隐喻

是带着大地从风中挣脱地笑了
无声

雪域高原之上　在某处
一定藏着宝藏
只是无法道出

站在大昭寺最顶层
还原最本真的模样
望着天空的星星付出
走出自己的路和明天
大黄蜂的翅膀还在身
就会看到飞翔的天空
不是吗？

无 题

1

这里是拉萨黄昏时间 18：00
同一分钟里可以看见日月星辰
抬头低头还可以看到一名字
我也不知道这名字可以喊不
再摇摇头　就一个人笑了
继续向前走　走了……

2

这里是拉萨　是夜间凌晨
我在窗内　月亮在窗外
好想拉开窗帘干点什么
地上的小猫好吵好闹
最后只得闭上眼睛
把灯打开就好　就好

3

一会儿笑得像天使
一会儿哭得像魔鬼
一会儿像公主
一会儿像乞丐
一会儿是救世主
一会儿是灭世主
……
都是同一个人
世界真是奇妙
天上的风在吹
地上人心在跳
……

天真的笑

望着无数星星
变成一个小孩
天真的笑

蓝色的精灵飞来
把我带走
又悄悄送回

没有看到月圆
唯愿拉萨的山会闪光
它的影子

小狗在我身上蹿
柔和的眼神
热气浮动了春天

高原的帐篷
本就是首歌
是首诗

"情人"泪
——悼念鲁院王元琼同学（一）

我和元琼姐相识
于同一个"情人"
没有红色的玫瑰
却长有同一颗心
拥有同一个梦
然，2月14日
她和她夫君
又去天堂比翼双飞
重庆桃花溪车祸
我在拉萨听闻
泪无言　字无力　语无声
我不知道该怎么如何来说
生死无常
我不知道该如何来说
生命珍贵
我不敢看昔日的照片
我不敢想昨天前几小时还在相互

为情人节发表文章当着情人节的礼物
开怀　欣喜　美好
作家诗人　诗人作家
不离不弃的情人啊　名字叫文字
元琼姐原谅那个你总是牵挂在拉萨的妹妹
爱哭　爱生病的妹妹
从今以后，我不想哭了　不想哭了
因为在拉萨　是菩萨的天地　圣地
我一哭，害怕你无法转世
我一哭，害怕你无法转世
我一哭，害怕你无法转世
我只有，只有　去大昭寺
为你点一盏灯
祈求　祈求　祈求
一路走好
在来世
又或者快一点　在今世
愿我们还会拥有同一个"情人"

西藏，蓝色的隐喻

生命是一场巨大的幻觉
——悼鲁院同学王元琼

2月14日的西南风
特别是桃花溪的风
连同黑夜中的流星
太黑　太硬　太狠
刹那　让你和你夫君一闭眼
让还活着的人全睁眼
让爱你的人
连同黑夜　雨水
掠过时空　连同草地
同成黑色　生命无常

我是你远在拉萨的同学
亦是你牵挂的妹妹
而你我的缘
是文字　是文字的情人
轻拂每个相识相遇的画面
我该说　还是不该说

生命原本真是一场巨大的幻觉
再大的事，再大的我们
只是一次记忆
我慌了　乱了　泪了
无力　无语　无声
我该做些什么呢？
人已去　花落空
而你　而我
天上人间　人间天上
只能　只能　在大昭寺前
为你　为你　祈祷　点亮
一盏盏
通往极乐世界的灯
祝福　送别
愿：生生世世
心亮了　路就通了

第四辑　黑夜河流

西藏，蓝色的隐喻

一个人在拉萨走路

一个人
一天走一万步
一个月
一年
两年
三年
……
年年岁岁
岁岁年年
话说
当初我们养成习惯
后来习惯造就我们

一个人在拉萨走路
不要说那就是孤独
要说就说
那是一场场
与布达拉宫

与蓝天
与雪山
与格桑花
与季节
与风景
单独私会

时间是一只手
坚持是一颗心
一些事,只能一个人做
一些关,只能一个人过
一些路,只能一个人走

第四辑 黑夜河流

本 色

这里是拉萨
风里裹着秘密
花中住着仙子
雪里藏着唯美
月亮上面坐着
一只玉兔
正在遥望
天上人间
月色绝色
都不如
本色

二月的诗

风
风里藏着秘密
手里写着诗篇

天空
天空上有一只风筝
而我是追风的女儿

过年
没有回家乡
没有你的眼睛

拉萨
我全部的心跳
太阳都看得见

拉萨河
流淌在河里的水
我想,那是姑娘美丽的眼

西藏，蓝色的隐喻

雪山
白雪护着山脉
我长大了

土地
多么辽阔的雪域高原
我想把她编织成金色

远方
天上的月亮在游走
地上的花儿在盛开

心事
没有颜色
没有声音

梦
神仙我想也会做梦
毕竟有梦就会有爱

诗
诗是花，是梦
诗是蓝，是爱

现在，我正躺在星空下的草地上

现在，我正躺在星空下的草地上
听我说，就是我，一个人望着天
布达拉宫的虔诚　默拜　遥望

世界大得只是一部手机的距离
我们相逢在冬天，相识于春天
多年来，你不言，我不语
后来，后来，缘分让我们笑了
谁说爱就要前奏曲，枫叶来装饰
玛吉阿咪的微笑

我想，我一直都在想
什么是最完美的感动
躺在星空下的草地上
星星笑了，月亮笑了
时间的岸边，岁月的草堂
夜空中最亮的星移向紧闭的窗户
高贵的灵魂终将属于单纯的心理

西藏，蓝色的隐喻

西藏，情人般的木碗

林芝，我的十七岁丢在那了
仿佛是昨天，太阳的宝座写着工布映像

梦想原谅了苦难
命运，命运的旗帜从来不会一帆风顺
多少次我想回家乡打捞渠江河里的精灵
救赎我的梦
我的梦想……不想再流浪

我打开自然　汇于一种精神
一个不到十八岁的少女来到了西藏
不想收到黑色的信号而是蓝天的馈赠
这一切，美好的一切差点变成了灰色
我的十七岁，我的花季
丢在那了，林芝

雪山常年在我家对面
天，夏天，林芝多雨的季节

我的梦想淹没在尼洋河
就此了结一生吗？不，不能，不行
不想那样，爱笑爱哭天真成熟都是我
太阳笑了，月亮，星星连着经幡阵也跟着笑了
命运的旗帜总跟虔诚的心有关
不会是别人给的灰色
是的，我要重新找到丢失的十七岁

林芝啊，太阳的宝座，请赐予我耀眼的光芒
让我点亮黑夜中的灯塔　照耀你西藏最美的称号
让我在绿叶百花丛中飞舞　谱写我梦开始的地方
那一片林海与村庄总是叫人不想家的地方
我用心眷顾
因为，重生

想起——
昨天的必要性，才会更好地抒写今天。
西藏，我的第二个名字
林芝，拉萨
拉萨，林芝
就让我为你写一首诗吧
题目叫西藏，情人般的木碗

西藏,蓝色的隐喻

想星星,想《星星》

想星星
想《星星》

天上的星星
是我心中最美的海洋

地上的《星星》
是我心中最高的信仰

1957 年中国大地上有了《星星》
2017 年《星星》六十华诞
而我　恰巧属鸡　本命年
与《星星》同一生肖
这样的黑夜　这样的拉萨
一个背井离乡的人
想星星,想《星星》

哭了　是久别重逢的喜泪

笑了　是黑夜中最亮的星
星星　《星星》
《星星》　星星
缘　缘来
缘来一夜不眠
缘来一生不休
缘来一世不灭

第四辑　黑夜河流

西藏,蓝色的隐喻

来西藏,遇见你就遇见了最好的自己

花季三月,毫无准备,来了西藏
多年来,我养了藏獒、鹦鹉、小白兔
种了花,栽了树,向天默拜。在西藏
你是不是认为我已成仙,入驻天堂
默念普雅花,所有经幡阵允许写着
拉萨最好,林芝最美,山南最近
日喀则最大,那曲最高,阿里最远
昌都最险。来西藏,遇见你就遇见了最好的自己

佛的圣地,人的天堂,碧海蓝天,雪山之巅
走遍庄园,穿过今生来世,骑着马匹,托着帐篷
听着仓央喜措的情歌,顺着文成公主的印迹
在天的另一边,是机缘,是巧合,是天意
去西藏,遇见你才是最美
我想说的话总是太多,我想表达的情总写不完
天知道,地知道,我只是想以蓝天为证
道一出美梦成真

颂一曲爱是永恒
叩一次天长地久
开一次五颜六色

第四辑 黑夜河流

圣经里的花瓣

在拉萨,我的心事太阳都看得见
爱上了植物,成了话唠
说着,说着,我想到了古老的传说
说着,说着,我想到了战争与和平
说着,说着,我看到了坠落的流星
说着,念着,闻着
甘露香草。永生花
花瓣?花瓣
被我放进了圣经中
但我从来没有说过我爱你

一条狗，推开了我的灵魂

《一条狗的使命》惊醒了我的灵魂
找不到更好的语言道出那种心境
但是，我愿意花更多的时间去思索
请别笑我，就是看这一部电影
也能让在场的人啼笑皆非
明明我想说，你是我男朋友多好
而狗狗却说，你怎么不再给我吃点冰淇淋

人类　狗狗　我们的朋友
分别　相聚　语言　眼神
我该说我不懂狗语
我该说狗不懂人话
长得像狗的马，有饼干味道的女孩
在狗狗眼里，是朋友，是快乐
在人眼里，是驴，是驴

人在成长，狗在老。太阳在转动，月亮在换内容
低着头打捞生命的记忆，狗狗穿越了三生三世

只为找回它真心相对前生今世的主人啊,爱人啊,伙伴啊
人生是个谜,狗生是个缘,你说活着的意义是什么
那片熟悉的草地,星空,岁月,定然写着
活着是永恒的快乐,而唯一的快乐是不去思考
狗狗已历经三生三世,我还在人间。
狗狗幸福过,囚禁过,流浪过
只是一种熟悉的味道未变过
我老了,我是普通的人,没有超能力
看不到狗狗的前世
而狗狗,却不离不弃守着我
当早上八九点钟的太阳升起
就是这一条狗,推开了我的门窗
也推开了我的灵魂……

春天,遥望一颗星

西藏的上空,白天黑夜
都像传说中宝藏无数
可我们心里明白
这里的春天还下着雪
而你问这是春天还是冬天?
沉默,微笑,瞬间,永恒
星光,火焰,雪山,太阳
它仍是春天遥远的一颗星

如果说有一种乡愁
在任何地方
都有想回家的冲动
那么你说,爱是不是一种
分分秒秒想要看到你的冲动

我的爱人
这里的春天
是烫手火焰也是五彩云霞

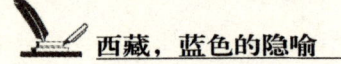 **西藏,蓝色的隐喻**

原谅我,眼泪和幸福混同
忘记我,颜色和记得没有不同

是的,我还在,你还在
柳叶儿睁眼,头上的星星还会笑
晨阳夕阳会怀念在青稞地里姑娘的倩影
但不一定不能回到时光的隧道

窗外的雪山隔着玻璃
屋内的人隔着窗
想春天生长的词汇
爱,是春天最遥远的那颗星

留一世期许,自己想象

三月,拉萨街头
柳树织好了窗帘
喜欢漫步在其中
听佛音
想　百年孤独的秘密
害怕突然起风下雪
猫狗却是我喜欢的动物
矛盾体的词汇让我不知道
如何去解释自己写了什么

春天是美好的季节
遇见彩蝶如诗如梦
走过的路自己会懂
宿命也是一种遇见
孤独也是一种享受
不要说这是林黛玉
要说就说真爱无敌
要叹就叹暗影魔力

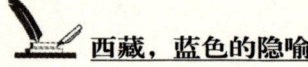 **西藏，蓝色的隐喻**

要归就归属　因为爱

痴笑的轻狂
美梦的黑夜
一只蝴蝶
一朵花
你为什么
要分清它的样子
何不留一世期许
自己想象

渠江之歌

渠县，我的家乡
渠江，养育我的母亲

渠江，我要对你说
如果白云
想让我遨游宇宙
飞向蓝天
就是我的梦想
渠江，我要对你说
如果蜜蜂
想让我歌唱
我的梦想是酿造
最甘甜的蜜糖
渠江，我要对你说
如果小船想让我远航
我的梦想
就是装进海洋点亮每天的阳光
渠江，我要对你说

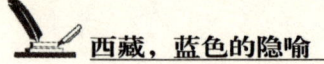 **西藏,蓝色的隐喻**

如果种子想让我为它找一个家
我的梦想就是埋进土壤
等待发芽、生长

渠县,我的家乡
渠江,把我抚养
让我们点亮理想的翅膀
在母亲的怀抱里高高飞翔

我们是没有秋天的孩子

我们是没有秋天的孩子
神山不说话,大地不睁眼
湖水太深,远方太远
你说　我说
瞬间　永恒
永恒　瞬间
梦里梦外　比梦还梦
今生来世　笑意惊天
……

第四辑　黑夜河流

迢遥的梦

迢遥的梦
隐形的翅膀
幻化　游离
桃花林中
相隔两地
一种声音
两个笑脸
一地绿叶
.
神山不说话
不代表生命的春天会消失
大地不睁眼
不代表灵魂的种子不发芽
不上微信不常见面
不代表没人爱没人理

魔 法

雪山

看雪山,我看到了自己的心
这里是拉萨,是四月,昨夜下过雪

尘土

尘土在空中飞,仿佛看到了黑色的毛毛虫
尘土在大地里跑,仿佛看到了绿色的麦浪

魔法

用了生命的全部,隐形　护身
用了灵魂的城池,发芽　示显

西藏,蓝色的隐喻

星宿

别给我说,给星星折了一只千纸鹤
还是蓝色,我怎么看就是一张白纸

空气

空气我们都知道它存在
难道你和她说过悄悄话

失眠

只是想给飞鸟喂一口汤
和羊群们跳一曲锅庄舞